愛經典

閱讀經典，成為更好的自己。

The Wonderful Wizard of Oz

綠野仙蹤

李曼·法蘭克·包姆——著　童天遙——譯

LYMAN FRANK BAUM

緣起

愛經典

卡爾維諾說：「『經典』即是具影響力的作品，在我們的想像中留下痕跡，並藏在潛意識中。正因『經典』有這種影響力，我們更要撥時間閱讀，接受『經典』為我們帶來的改變。」因為經典作品具有這樣無窮的魅力，時報出版公司特別引進大星文化公司的「作家榜經典文庫」，期能為臺灣的經典閱讀提供另一選擇。

作家榜經典文庫從二〇一七年起至今，已出版超過六十本，迅速累積良好口碑，不斷榮登豆瓣讀書暢銷榜。本書系的作者都經過時代淬鍊，其作品雋永，意義深遠；所選擇的譯者，多為優秀的詩人、作家，因此譯文流暢，讀來如同原創作品般通順，沒有隔閡；而且時報在臺推出時，每部作品皆以精裝裝幀，質感更佳，是讀者想要閱讀與收藏經典時的首選。

現在開始讀經典，成為更好的自己。

原序

多少個世紀以來，民間傳說、神話與童話故事一直陪伴著人們度過孩提時代。每個健康的孩子對於奇特、美妙又虛幻的故事，懷有他們本能的發自內心的愛。格林兄弟以及安徒生筆下生著翅膀的仙女為孩童的心靈所帶來的歡樂，遠遠超過了人類所創造的其他作品。

但是，人們世代傳說的那些古老的童話故事，如今在孩子們的圖書館裡可能已經成了老古董，嶄新的「神奇故事」的時代已經到來。

在嶄新的故事裡面，古舊俗套的妖怪、矮人與仙女都將不復存在，各種可怕的、令人毛骨悚然的情節也會一同消失。那些都是作者為了突出一個令人生畏的道德教訓而刻意設計的。

現代教育已然涵蓋了道德培養，因此孩子們在神奇故事中只需要找到樂趣，不必再閱讀種種無趣乏味的說教情節。

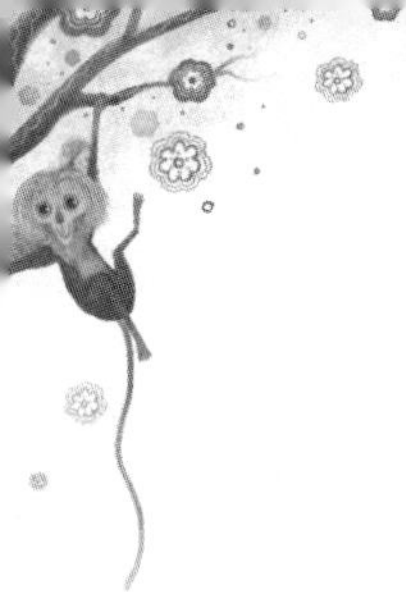

懷著這樣的一顆心，為了讓今天的孩子們感到快樂，我寫下了《綠野仙蹤》這個故事。期待這則現代化的童話故事，只保留了驚奇與歡樂，摒棄了心痛與夢魘。

李曼・法蘭克・包姆

一九〇〇年四月於芝加哥

目錄
contents

原序

Chapter 1 龍捲風來了……11

Chapter 2 遇見蠻支金人……17

Chapter 3 桃樂絲解救稻草人……28

Chapter 4 穿越森林……38

Chapter 5 解救錫樵夫……45

Chapter 6 膽小的獅子……55

Chapter 7 尋訪偉大的奧茲國……63

Chapter 8 致命的罌粟花田……71

Chapter 9 田鼠女王……80

Chapter 10 守門人……87

Chapter 11 奇妙的奧茲國翡翠城……97

Chapter 12 尋找邪惡女巫……114

Chapter 13 援救夥伴 …… 131
Chapter 14 飛天猴 …… 138
Chapter 15 可怕奧茲的真面目 …… 147
Chapter 16 大騙子的魔術 …… 161
Chapter 17 氣球飛上天 …… 167
Chapter 18 到南方去 …… 173
Chapter 19 被樹攻擊了 …… 181
Chapter 20 美麗的瓷器國 …… 187
Chapter 21 獅子成了百獸之王 …… 198
Chapter 22 奎德林國 …… 203
Chapter 23 善良女巫實現了桃樂絲的願望 …… 209
Chapter 24 重返家園 …… 215
譯後記 奇遇之國 …… 218

謹以此書獻給我最好的朋友與伴侶：我的妻子

This book is dedicated to my good friend & comrade: My Wife L. F. B.

Chapter 1

龍捲風來了

小女孩桃樂絲和亨利叔叔、愛姆嬸嬸，一起生活在堪薩斯州中部的一片大草原上。叔叔是一個農夫。他們有間小房子，因為造房子的木頭得從很遠的地方用車子運來，所以他們的房子小小的，只有四面牆、屋頂和地板。屋子裡有一個生鏽的爐子，一座碗櫃，一張桌子，三四把椅子，兩張床。亨利叔叔和愛姆嬸嬸睡在角落的一張大床上，桃樂絲的小床在另一個角落。小房子裡沒有閣樓，也沒有地窖，只有一個小洞通到地底下，他們叫它龍捲風地洞。當龍捲風襲來的時候，全家人可以躲到洞裡面去。草原上的龍捲風威猛無比，會將所經之處的建築摧毀殆盡。在地板中央，裝著一扇活板門，那裡有一座梯子，走下去就到了那個黑咕隆咚的小洞裡。

桃樂絲站在門口，向四周眺望，草原上灰濛

濛的，什麼也看不見。在這片遼闊的原野上，不要說一座房子，連一棵樹也找不到，一望無際，直到天邊。太陽將耕作過的土地烤成了灰色，裂縫橫生。連草也不綠了，太陽把高高的茅草尖都烤得焦枯了，使得它們不論從哪個角度看，都是一片灰色。這小房子也曾粉刷過，但是太陽將油漆晒得龜裂剝落，經年累月的日晒雨淋，這屋子也像其他事物一樣，早就變得暗淡無光。

愛姆嬸嬸剛到這裡的時候，還是個年輕漂亮的新娘。太陽和風也改變了她的模樣，它們奪走了她眼睛裡的光芒，只剩下沉重的灰色；臉頰和嘴唇上的紅潤，也早已不見蹤影。現在她又瘦又憔悴，臉上再也沒有笑容。桃樂絲是一個孤兒，在她初來到愛姆嬸嬸身邊時，嬸嬸就被這孩子的笑聲嚇了一跳。每次聽到桃樂絲快活的笑聲，她都會尖叫起來，激動地用雙手捂住胸口，驚奇地看著這個小女孩，不明白她怎麼就能發現好笑的事情。

亨利叔叔從來不笑。他起早摸黑地忙碌，從不知道什麼叫快樂。從長長的鬍子到結實耐穿的靴子，他的身上無一不是灰色的，看上去嚴肅極了，他也很少說話。

逗桃樂絲歡笑的是托托，使她不至於和周圍的事物一樣，變得灰色憂鬱。托托可不是灰色的，牠是一隻黑色的小狗，牠有一身絲絨般柔軟的長毛，兩隻眼睛烏黑發亮，在可愛的小鼻子旁邊滴溜溜地轉。桃樂絲每天和托托一起玩，非常地喜愛牠。

不過這一天，他們沒有在玩。亨利叔叔坐在門檻上望著天空，看起來特別煩惱，天空比平常更灰暗。桃樂絲抱著托托站在門口，也望著天空。愛姆嬸嬸正在洗盤子。

從遙遠的北方，傳來大風的哀嚎，那聲音低低地鳴叫著，亨利叔叔和桃樂絲在暴風來臨前，看見這正要到來的大風把長長的草兒吹成狂野的波浪。這時南方一聲尖嘯吸引了他們的目光，只見南方的草也掀起了波浪。

亨利叔叔突然站起身來。

「龍捲風要來了，愛姆，」他大聲對著妻子喊道，「我要去看看牲口。」說完他便向著畜養乳牛和馬的牲口棚跑去。

愛姆嬸嬸丟下手中的工作跑到門口一看，立刻就知道大麻煩來了。

「快點，桃樂絲！」她尖叫道，「快躲到洞裡去！」

托托從桃樂絲懷裡跳出來，躲到床底下去，小女孩便跑過去抓住牠。愛姆嬸嬸非常害怕，連忙打開活板門，鑽進了黑漆漆的小洞裡。桃樂絲費了好大力氣，才抓住托托，要和牠一塊跟著嬸嬸躲進去。當她跑到屋子的中央，還沒到洞口，頭頂就傳來一聲尖厲的呼嘯，房子劇烈搖晃起來，桃樂絲失去了重心，跌坐在地板上。

接著一件奇怪的事情發生了。

房子在地面上轉了兩三圈後，竟然緩緩升向了天空。桃樂絲覺得像是坐著氣球飛上了天。

來自南方和北方的風，在桃樂絲的小房子上會合，小房子成了龍捲風的中心。一般來說，在龍捲風的中心，空氣是靜止的，但是四周的巨大風力壓迫這房子，把房子愈抬愈高，直到將它送到龍捲風的頂端。小房子在龍捲風的頂端，被送出好幾英里那麼遠，輕易得如同帶走一根羽毛。

天昏地暗，狂風肆虐，但桃樂絲發現待在房子裡乘風飛行很平穩。最初旋轉幾圈後，房子劇烈地傾斜了一下，小女孩覺得自己被輕輕搖晃著，像是睡在嬰兒的搖籃裡。

托托可不喜歡這樣搖晃，牠在房間裡跑來跑去，一下跑去這，一下跑到那，大聲地吠叫著。但桃樂絲很安靜，她坐在地板上，等待著接下來會發生什麼事。

有一次托托太靠近敞開著的活板門，一不小心掉了下去。桃樂絲心想，這下她一定是失去這小狗了。但過了一會兒，她就看見托托的耳朵伸出小洞，強大的氣壓把牠托住了，牠沒有掉下去。她爬到洞口，抓住托托的耳朵把牠拖了上來。然後關上了活板門，以免還會發生什麼意外的情況。

一個小時又一個小時過去了，桃樂絲漸漸不再感到害怕，但她覺得很孤單，風的呼嘯聲簡直要把耳朵震壞了。一開始她還擔心，如果房子再掉下去，她會不會摔得粉碎，但隨著時間推移，沒有再發生什麼糟糕的事。因此她不再擔心，而是決定耐心等待，看看到底會發生什麼事。最後，她從搖晃的地板上，爬到自己的小床上躺下來，托托也跟著趴在她的身邊。

儘管房子還在搖晃，呼嘯的風聲也沒有停下來過，桃樂絲卻很快就閉上了眼睛，進入夢鄉。

Chapter 2

遇見蠻支金人

桃樂絲被一陣突然而強烈的震動驚醒，如果不是睡在柔軟的床上，她可能會受傷的。儘管如此，這場震動讓小女孩緊張得屏住呼吸，想知道究竟發生了什麼事。托托把牠冰涼的小鼻子，湊到桃樂絲的臉上，低聲嗚咽著。桃樂絲坐起來觀察，發現小房子沒有搖晃了，房間也不再黑暗，轉而是明麗的陽光灑進窗戶，照亮了整個房間。她一下從床上跳起來，飛奔著去打開門，托托跟在她的身後。

這個小女孩被她四周的景象驚呆了，發出一聲驚奇的叫喊，她的一雙眼睛愈睜愈大，簡直不敢相信自己所見到的一切。

龍捲風緩慢地、溫柔地——對於龍捲風來說，這已經是很溫柔了——將小房子放在了一片美不勝收的草地中央。這裡處處是美麗的綠草地，樹木高大茂盛，樹上結滿了甜美的果實。遍地盛開的花朵芬芳四溢，鳥兒們的羽毛出奇地燦爛鮮豔，在樹木與灌木叢中穿行飛舞，歌唱鳴叫。不遠處有一條小溪，沿著綠色河岸奔流著，水流潺潺，波光粼粼。對一個生活在乾燥的灰色草原上的女孩來說，這一切都讓人狂喜。

正當桃樂絲高興地望著這片陌生奇異的景致，她注意到一群奇怪的人朝她走來，說實話，這是她這輩子所見過的最最奇怪的人。在她看來，他們不如正常人那麼高大，但也好像並不太矮小。事實上，他們和桃樂絲差不多高，但桃樂絲在同齡的孩子中，的確要長得更高一些，儘管從外貌上來看，他們都要比桃樂絲年紀大得多。

三個男人，一個女人，都是一身奇怪的打扮。他們戴著三十多公分高的尖頂圓帽子，帽簷掛滿了鈴鐺，當他們走路的時候叮叮噹噹響，好聽極了。男人的帽子是藍色的，女人的帽子則是白色的。女人穿著一件白色袍子，有許多褶皺從肩上披掛下來，衣服上布滿許多好看的星星，在陽光下如同鑽石一樣閃爍發光。男人們穿的是藍色的衣服，和他們帽子的顏色一樣深淺，腳上的靴子鋥亮，靴子上纏著深藍色的綁帶。桃樂絲猜想，這幾個男人應該和亨利叔叔差不多年紀，因為其中兩個已經長鬍鬚了。但那個女人顯然要老得多，她的臉上滿是皺紋，頭髮都白了，走起路來顫顫巍巍。

當他們走近木屋時，桃樂絲就站在門口。他們停了下來，交頭接耳的竊竊私語，不敢再往前走。但嬌小的老太太走上前來，深深地鞠了一躬，她用甜美的嗓音說道：

「最尊貴的女魔法師，歡迎妳來到蠻支金人的國度。非常感謝妳殺死了東方邪惡女巫，使人們擺脫奴役，重獲自由。」

桃樂絲聽到這番話，非常吃驚。這個老太太叫她女魔法師，還說她殺死了東方邪惡女巫，到底是怎麼一回事呀？桃樂絲是一個從遙遠的堪薩斯州來的單純小女孩，她根本沒有殺過任何東西。

但是，小老太太顯然熱切地想得到她的回答，於是桃樂絲結結巴巴地說道：「謝謝妳，但妳一定是弄錯了，我從來沒有殺過任何人。」

「那就一定是妳的房子幹的，」小老太太笑了一聲，繼續說道，「這是一樣的呀！瞧！」她指著房子的一個角落，「她的雙腳還露在房子底下的木板外面呢。」

桃樂絲一看，不由得驚叫一聲。果然，就在支撐房子的大橫木角下，壓著兩隻腳，腳上套著一雙尖頭銀鞋子。

「哦，天哪！哦，天哪！」桃樂絲雙手緊握，驚慌失措的叫了起來，「這個房子肯定是壓著她了，我們該怎麼辦才好？」

「用不著怎麼辦。」老太太鎮定地回答。

「但她是誰呢？」桃樂絲問道。

「她就是我說的東方邪惡女巫。」老太太回答，「她統治鑾支金人好多年了，要求他們沒日沒夜地做她的奴隸。現在他們都得到自由了，而且非常感謝妳的救命之恩。」

「鑾支金人是誰？」桃樂絲疑惑不解。

「他們是住在這片東方國度裡的人，這裡被邪惡女巫統治了很久。」

「那妳是鑾支金人嗎？」桃樂絲問。

「不，但我是他們的朋友，雖然我住在北方。當他們看見邪惡女巫死了之後，派了一個迅捷的信使來通知我，我馬上就趕了過來。我是北方的女巫。」

「哦，我的天哪！」桃樂絲驚歎，「妳真的是一個女巫嗎？」

「是的，沒錯。」小老太太回答，「但我是個善良女巫，人們都很喜愛我。我不如東方邪惡女巫強大，不然我早就解救了這些鑾支金人。」

「但我原本覺得所有的女巫都是壞人。」小女孩說道，面對一個真正的女巫她不免還是有些害怕。

「哦，不，這可是個天大的誤會。在奧茲國有四名女巫，兩名善良女巫住在南方和北方，千真萬確，我就是那個住在北方的善良女巫，沒有騙人。但住在東方和西方的確實是邪惡女巫，不過有一個已經被妳殺死了。現在奧茲國剩下一個邪惡女巫，就是住在西方的那一個。」

「但是，」桃樂絲遲疑片刻，然後說道，「愛姆嬸嬸早就告訴我，在好多好多年以前，女巫們就都死掉了。」

「愛姆嬸嬸是誰？」小老太太問道。

「她是我的嬸嬸，住在堪薩斯州，我就是從那裡來的。」

北方女巫低頭看著地面，沉思了好一會兒，然後才抬起頭來說：「我不知道堪薩斯州在哪裡，從未聽說過那個地方。但是請妳告訴我，那裡是個文明的國家嗎？」

「哦，是的。」桃樂絲回答。

「那就是這個原因了。在文明的國度裡，我相信已經沒有女巫，也沒有巫師，沒有女魔法師，也沒有男魔法師。但是妳要知道，奧茲國從來沒有什麼文明發展，我們和世界上的其他國家完全隔絕，所以我們這裡仍然有女巫和巫師。」

「巫師是什麼樣的人呢？」她問。

「奧茲本人就是個偉大巫師。」女巫壓低了聲音，悄悄地告訴桃樂絲，「他的法力

可比我們所有人的法力都要強，他就住在翡翠城。」

桃樂絲正想問點其他的問題時，那三個沉默的蠻支金人忽然開始大聲喊叫起來，指著屋子角落裡邪惡女巫躺著的地方。

「怎麼了？」小老太太問，她朝那角落一看，笑了起來。死去的邪惡女巫的雙腳已經化為烏有，只留下一雙銀鞋子。

「她太老了。」北方女巫解釋說，「在太陽下很快就化掉了，這就是她的下場。現在這雙銀鞋子屬於妳的了，穿上它們吧。」她走過去把銀鞋子撿起來，撣去灰塵後遞給了桃樂絲。

「邪惡女巫可是把它當寶貝呢。」一個蠻支金人說，「傳說這雙鞋子具有魔力，但究竟是什麼樣的魔力，我們從未見識過。」

桃樂絲把鞋子拿進屋裡，放在桌子上。然後她出來，走到蠻支金人面前，說道：

「我想趕快回到叔叔和嬸嬸那裡去，他們現在一定很擔心我，你們能幫助我找到回家的路嗎？」

蠻支金人和女巫互相看了一眼，隨後看著桃樂絲，無奈地搖搖頭。

「就在東邊，離這裡不遠，」一個蠻支金人開口了，「那裡有一片大沙漠，但沒有一個人能夠活著穿越過它。」

「南方同樣是沙漠。」另一個蠻支金人說，「因為我住在那裡，所以很清楚。南方是屬於奎德林人的地方。」

「據我所知，」第三個說，「西方一樣是沙漠，西方住著的是溫基人，他們被西方的邪惡女巫統治著。如果妳經過她那裡，她一定會把妳抓走的，把妳變成她的奴隸。」

「北方是我的家，」老太太開口，「它的邊緣是那片包圍著奧茲國的大沙漠。親愛的孩子，恐怕妳只能和我們在一起了。」

桃樂絲絕望地哭了起來，因為在這群奇怪的陌生人中間她感到很孤單。她的眼淚感動了善良的蠻支金人，他們立刻掏出手絹也抹起眼淚來。這時那位小老太太摘下了她的帽子，將尖頂放在她的鼻尖上，莊嚴慎重的數道：「一，二，三。」帽子立刻變成了一塊石板，上面寫著巨大的白色粉筆字：

讓桃樂絲到翡翠城去

小老太太把石板從她的鼻子上拿下來，然後問她：「親愛的孩子，妳的名字是叫桃

樂絲嗎？」

「是的。」小女孩回答，她抬起頭來，擦著眼淚。

「那麼妳必須前往翡翠城，也許奧茲能幫助妳。」

「可是翡翠城在哪裡？」小女孩問。

「它在這個國家的中心，奧茲統治著它。他就是我跟妳提到的法力無邊的偉大巫師。」

「他是個好人嗎？」桃樂絲不免擔憂。

「他是個好人。但他究竟是人，還是其他的什麼樣子，我也講不清楚。因為我從來沒有見過他。」

「怎麼樣我才能去到那裡呢？」她問。

「妳必須走路去。這是一段很長的旅程，要穿過一座城，那裡有時候是快樂的、光明的，有時候又很糟糕、很黑暗。但妳放心，無論如何，我會用我所有的魔法，來幫助妳，保護妳，不讓妳受到傷害的。」

「妳不和我一起去嗎？」她請求女巫一起上路，她把她當成了唯一可以信任的朋友。

「不，我不能陪妳去。」女巫回答，「但我會吻妳一下，沒有人敢傷害被北方女巫親吻過的人。」

她走近桃樂絲，輕輕吻了一下她的額頭。桃樂絲後來才察覺到，被女巫親吻過的地方，留下了一塊閃光的圓形印記。

「前往翡翠城的路是用黃磚鋪成的，」女巫囑咐道，「妳不會迷路。當妳見到奧茲，不要害怕他，告訴他妳的所有事情，並請他幫助妳。再見了，親愛的。」

三個蠻支金人向桃樂絲深深鞠了一躬，祝福她有個愉快的旅程，然後他們穿過樹林離開了。女巫友好地點了點頭，她的左腳跟轉了三圈，立刻就消失了。托托受到極大驚嚇，女巫離去後，牠朝著她的身後大聲吠叫，牠非常地害怕她，而剛才女巫還在時，牠卻是一點聲音都不敢出。

但桃樂絲已經知道她是個有魔法的女巫，因此看到她用如此與眾不同的方式消失，一點也不感到驚訝。

Chapter 3
桃樂絲解救稻草人

現在就只剩下桃樂絲獨自一人了。她忽然感覺有些餓，於是走到廚櫃前切了幾片麵包，抹上了奶油，和托托一起分享。小女孩從架子上拿下一只木桶，走到小溪邊，打了一桶清澈的溪水。托托跑到樹林裡去，對著樹上的鳥兒狂吠起來。桃樂絲跟著托托跑去，看見樹上掛著許多甜美的果實，她摘了一些，正好可以當作早餐。

然後她回到小房子裡，和托托喝了些清涼的溪水，開始為前往翡翠城的旅途做準備。

桃樂絲只有另一件衣服，恰巧洗乾淨了，掛在她小床邊的木釘上。這件藍白格子的衣服，因為洗了好多次，藍色都褪得很嚴重了，但依然是一件漂亮的小衣服。小女孩仔細地梳洗完後，換上這件乾淨的格子衣服，戴上了一頂粉紅色的太陽帽。她拿了一個小籃子，在籃子裡裝滿了從櫃子裡拿出來的麵包，並用一塊白布蓋上。然後她低頭看見了自己的鞋子，這雙鞋子是又舊又破了。

「穿著這雙舊鞋子，我們肯定無法遠行的，托托。」她說。托托用牠那雙又黑又亮的小眼睛盯著桃樂絲的臉，搖晃著小尾巴，似乎聽懂了桃樂絲的話。

就在這時，桃樂絲看見了擺在桌子上的那雙邪惡女巫的銀鞋子。

「不知道這雙鞋子我是否合腳？」她對托托說，「要是我能穿上它的話，正適合走遠路呢，銀鞋子是磨不壞的。」

說著，小女孩脫下腳上的鞋，換上了這雙特別的銀鞋子，簡直太合適了，就像是為她量身訂做的一樣。

最後她提起了小籃子。

「走吧，托托。」她喊道，「我們要去翡翠城，請求偉大巫師奧茲，指點我們怎樣才能夠回到堪薩斯州去。」

她關上門，加上了鎖，把鑰匙小心翼翼地放在口袋裡。就這樣桃樂絲上路了，托托蹦蹦跳跳地跟在她身後。

附近有好幾條路，但桃樂絲很快就找到了那條鋪了黃磚的道路。她充滿希望地踏上了前往翡翠城的旅途，她的小銀鞋子踩在堅硬的黃磚路上，發出輕快悅耳的聲響。陽光明媚，鳥兒歡唱，儘管桃樂絲被龍捲風帶到這個遙遠而陌生的地方，但她並不像人們想像的那樣憂傷。

她一路走著，驚訝地發現周圍的景色異常美麗。路邊是整齊的柵欄，漆成漂亮的藍色，柵欄那一邊是廣闊的稻田和菜地。很顯然，蠻支金人是耕作的好手。每經過一戶人家，就會有人跑出來看她，並在她經過時，向她深深地鞠一個躬，人人都知道是桃樂絲殺死了惡毒的東方女巫，讓蠻支金人重獲自由。

蠻支金人住的房子很奇怪，所有的房子都是圓的，屋頂也是一個圓形的蓋子。所有房子都被刷成藍色，在這個東方城市裡，藍色是大家都喜歡的顏色。

夜幕降臨，桃樂絲走了一天的路，非常地疲憊，並開始擔心自己要在哪裡過夜。這時，她來到一座看起來比其他房子都要大的房屋前面。房前的綠草坪上，有許多男人和女人正在跳舞，五個小提琴手把琴拉得響徹天空，人們唱歌歡笑，旁邊的大桌子上放著豐盛的水果和堅果，麵包和蛋糕，還有許多其他好吃的食物。

人們熱情地歡迎桃樂絲的到來，邀請她一同吃飯，並在這裡過夜。這是蠻支金最富有的人家，朋友們在這戶人家裡聚會，慶祝終於擺脫邪惡女巫的統治，重新獲得自由。

桃樂絲享受了一頓豐盛的晚餐，由男主人伯克親自招待她。飯後她坐在一張長椅上休息，看著人們載歌載舞，很是歡樂。

伯克注意到她穿著一雙銀鞋子，忍不住問道：「妳一定是個非常厲害的魔法師。」

「為什麼這麼說？」小女孩疑惑道。

「因為妳穿著銀鞋子，殺死了邪惡女巫，而且，妳還穿著白色衣服，只有女巫和魔法師才能穿白色的衣服。」

「但我的衣服是藍白格子的。」桃樂絲一邊說著，一邊伸手撫平衣服上的褶皺。

「妳穿這件衣服真是太好了！」伯克說，「藍色是蠻支金人的顏色，白色是女巫的顏色。所以我們知道，妳一定是個善良的女巫。」

桃樂絲不知道該說什麼好，因為所有人似乎都把她當成女巫了。但她知道自己不過是個普通的小女孩，是一陣龍捲風把她帶到了這個奇怪的地方。

當她看跳舞看到有點累的時候，伯克把桃樂絲領進一個小房間，要她好好休息。這是一張漂亮的大床，被子是藍色的，桃樂絲在藍色的大床上酣睡到了天亮。托托蜷縮在她旁邊的藍色地毯上。

第二天，她吃了一頓豐盛的早餐，看見一個蠻支金小孩正在和托托一塊玩耍，他好

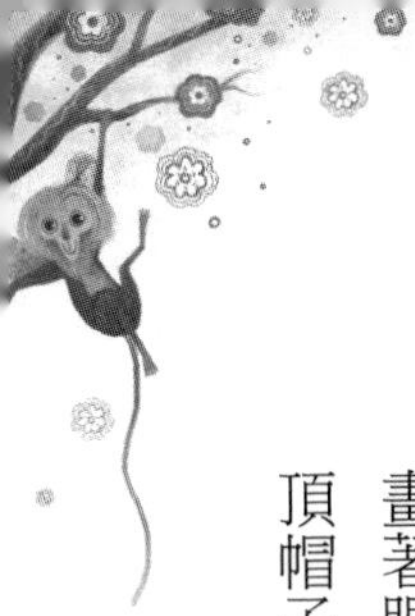

奇地去拉托托的尾巴，又叫又笑，這讓桃樂絲覺得很有趣。托托在所有人眼裡都成了一個新奇的物種，因為這裡的人們從來沒見過狗。

「這裡離翡翠城有多遠？」小女孩問。

「我不知道，」伯克嚴肅地回答，「我從來沒去過那個地方。除非有什麼事情要往來，否則最好離奧茲遠一點。翡翠城離這裡相當遙遠，要好多天的時間才能到達那裡。我們這裡既快樂又富有，但是妳必須經過一些貧窮荒僻又危險的地方，才能到達妳的目的地。」

桃樂絲開始擔憂起來，但她知道只有偉大的奧茲才能幫助她回到家鄉，所以她還是鼓足勇氣，決定前往翡翠城。

她向朋友們道別，再次踏上了黃磚路。桃樂絲趕了好幾里路後，想停下來歇息一會，於是爬到路邊的柵欄上，坐了下來。在柵欄外是一大片玉米田，不遠處有一個稻草人，被掛在高高的竹竿上，以不讓鳥兒飛近偷吃成熟的玉米。

桃樂絲托著下巴，呆呆地望著稻草人。稻草人的頭是一只塞滿稻草的小布袋，上面畫著眼睛、鼻子和嘴巴，這就是他的臉了。他的頭上戴著一頂破舊的蠻支金人的藍色尖頂帽子，身上穿著一套藍色的破舊衣服，都褪了色，衣服裡面也塞滿了稻草。套在腳上的是一雙藍色尖頭的舊靴子，就像這個國家的每個人都穿的那種靴子。稻草人背上戳著一根竹竿，這傢伙被高高地立在玉米田上面。

當桃樂絲出神地望著稻草人那張畫出來的奇怪的臉時，她驚訝地看到其中一隻眼睛居然對她眨了一下。起初，她想她一定是眼花了，在堪薩斯州可沒有一個稻草人是會眨眼睛的。但是沒過多久，稻草人又對她友好地點了點頭。於是，她趕緊翻下柵欄，朝著那個奇怪的稻草人走去。托托跟著跑過去，圍著稻草人的竹竿吠叫個不停。

「妳好呀！」稻草人啞著嗓子說道。

「是你在說話嗎？」小女孩好奇地問他。

「當然啦。」他說，「妳好呀！」

「我很好，謝謝你。」桃樂絲有禮貌地問：「你好嗎？」

「我覺得不太好，」稻草人微笑著說，「我日夜都待在這裡趕烏鴉，非常地枯燥乏味。」

「你不能下來嗎？」桃樂絲問。

「不能呀。這根竹竿一直插在我的背上。要是妳能夠幫我把它拿下來，我會非常感謝妳的。」

桃樂絲伸出雙手，輕而易舉就把稻草人從竹竿上拔了下來，因為他裡面塞滿了稻草，很輕的。

稻草人被放到地上的時候，他說：「非常感謝妳，我好像成為一個全新的人了。」聽見一個稻草人開口說話，看他鞠躬，甚至他就走在自己身邊，這讓桃樂絲困惑極了，因為這真是個非常奇怪的事情。

稻草人伸展了一下四肢，打了個哈欠，問道：「妳是誰？妳要到哪裡去？」

「我的名字叫桃樂絲，」她說，「我要到一個叫翡翠城的地方去，請求法力無邊的偉大奧茲，幫助我回到家鄉堪薩斯。」

「翡翠城在哪裡呢？」稻草人疑惑道，「還有，誰是奧茲？」

「怎麼，難道你沒聽說過嗎？」小女孩相當驚訝地反問。

「沒有，從未聽說過。我什麼都不知道。妳看我的身體裡塞滿了稻草，我的腦袋也是用稻草做的，所以我根本沒有大腦。」他難過地說。

「哦，」桃樂絲說，「我真為你難過。」

「妳覺得，」他試探性地問道，「如果我和妳一起去翡翠城，偉大奧茲會給我一副頭腦嗎？」

「我不敢保證。」她回答，「但如果你願意，你可以和我一起去試試。就算奧茲不能給你一副頭腦，你的情形也不會比現在更糟。」

「這倒是真的。」稻草人推心置腹地繼續說道，「妳瞧，我的腳、手還有身體都是稻草做的，但我並不在意，因為我不會受傷。就算有人踩著我的腳趾，或者拿針來刺我，也無所謂，因為我根本感覺不到。但是，我不想人們叫我傻瓜，如果我的腦袋裡裝的是跟你們一樣的大腦，而不是塞滿稻草，我怎麼會什麼都不知道呢？」

「我能夠理解你的感受。」小女孩深深地為這個新朋友感到難過，「如果你和我一起出發，我會請求奧茲盡其所能地幫助你。」

「謝謝妳！」稻草人感激地說。

他們回到大路上。桃樂絲幫助他越過了柵欄，他們一起順著黃磚路向翡翠城走去。

一開始托托並不喜歡這個奇怪的新夥伴。牠圍著稻草人使勁地嗅聞，好像他的身體裡藏著一窩老鼠似的。牠總是時不時地朝著新朋友不友好地亂吠。

「不要怕托托。」她對這個新朋友說道，「牠從來不咬人的。」

「哦，我一點也不害怕。」稻草人說，「牠傷不了稻草的。來，讓我來幫妳提著籃子吧，我不會覺得累的。我要告訴妳一個祕密，」他邊走邊說，「在這個世界上我只害怕一樣東西。」

「那是什麼東西？」桃樂絲好奇地問，「是製造你的蠻支金農夫嗎？」

「不，」稻草人回答，「是一根點燃的火柴。」

Chapter 4

穿越森林

走了幾個小時後，黃磚路開始變得崎嶇不平起來，愈來愈難走了，稻草人常常被黃磚絆倒。有的地方黃磚完全碎掉了，有的壓根就不見了，路面上留下了許多坑洞，托托會直接跳過去，桃樂絲則是從旁邊繞過去。但是稻草人沒有大腦，他只會徑直地往前走，所以常常一腳踩到坑裡，整個摔在了堅硬的石頭上。然而，這從來沒有讓他受傷過，桃樂絲會把他拉起來，讓他重新站直。他又跟著她繼續往前走，一邊還為自己的倒楣遭遇而開心大笑。

相較於之前他們所走過的地方，這裡的農田幾乎沒有耕種過，房子和果樹也都少得可憐，他們愈往前走，眼前的景象就愈是荒涼。

到了中午，他們在一條小溪邊坐下來休息。桃樂絲打開她的小籃子，拿出一片麵包遞給稻草人，但是他拒絕了。

「我從不會感到飢餓。」他說，「這真是一件幸運的事，我的嘴巴是畫上去的，如果能在那裡挖個小洞，我就可以吃東西了，但這麼一來，那些填塞在裡面的稻草就會跑出來，我的頭就有可能變形了呢。」

桃樂絲立刻意識到確實是如此，所以她只是點點頭，繼續吃她的麵包了。

「跟我說說妳的故事吧，妳是從什麼地方來的。」等桃樂絲解決了午餐，稻草人對她說。於是，她告訴他關於堪薩斯的事，那裡的一切有多麼灰暗，自己又是怎樣被一陣龍捲風帶到了這個奇異的奧茲國。

稻草人聽得很認真，但他有個疑問：「我想不明白，為什麼妳要離開如此美麗的國度，回到那個到處乾燥而灰暗、妳稱為堪薩斯的家鄉去呢？」

「就因為你沒大腦，所以你不能理解。」小女孩回答道，「無論我的家鄉多麼荒涼、灰暗，我們這些有血有肉的人都寧願生活在家鄉，也不願住在其他國家，無論它有多麼的美麗。沒有任何地方比得上自己的家。」

稻草人歎了口氣。

「我當然沒辦法理解，」他說，「如果妳的腦袋跟我一樣塞滿稻草，妳就可能願意

住在這個美麗的地方了，如果是這樣，堪薩斯州就完全沒有人住了。幸好堪薩斯有妳這樣有大腦的人，那是堪薩斯的運氣。」

「趁著我們現在正休息，你能說說你的故事嗎？」小女孩問。

稻草人嗔怨地望著小女孩，回答：

「我的生命如此短暫，真的什麼都不知道。我是前天才被製造出來的。在此之前，世界是什麼樣的，發生了什麼事，我一無所知。幸運的是，農夫在做我的頭時，第一件事情就是為我畫上耳朵，因此我能聽得見聲音了。當時還有一個蠻支金人在他身邊，我聽到的第一句話就是農夫說：『你覺得這對耳朵怎麼樣？』

「『它們看起來是歪的。』另一個農夫說。

「『沒關係，』農夫說，『它們一樣是耳朵。』——這倒是實話。

「『現在，我要為他畫上眼睛。』農夫說。他先為我畫上了右眼，一畫完，我發現自己帶著極大的好奇心看著他和眼前陌生而新奇的一切。這是我第一次見識到這個世界。

「『那是一隻很美麗的眼睛，』那個蠻支金人看著農夫說道，『藍色油漆是很適合眼睛的顏色。』

「『我想把它的另一隻眼睛畫得更大一點。』農夫說。第二隻眼睛畫好的時候，我看得更加清楚了。接著他又畫了我的鼻子和嘴巴。但我還不會說話，因為我不知道怎樣使用我的嘴巴。我饒有興致地看著他們為我創造身體、手和腳。當他們把我的腦袋也裝上去的時候，我感到無比自豪，我看起來終於和別人一樣，是個完整的人了。

「『這傢伙一定能把可惡的烏鴉們都嚇跑，』農夫說，『他看上去就像一個真正的人。』

「『哦，他是一個人了！』另一個蠻支金人說。這句話我倒是很同意。農夫把我夾在他的胳膊下面，帶到了他的玉米田裡，把我安置在一根高高的竹竿上，妳就是在那裡發現我的。後來，他就和他的朋友離開了，把我一個人留在那裡。

「我不喜歡就這樣被人拋棄了，很想跟著他們一起離開。但是我的雙腳根本沒辦法碰到地面，只能無奈地待在那根竹竿上。這種生活真是寂寞，但我不久前才被創造出來，所以也沒有什麼好想的。許多烏鴉和別的鳥兒都飛進玉米田來，但是一看見我，牠們就都逃跑了，這些傢伙還以為我是蠻支金人呢。這讓我很開心，讓我覺得自己是一個很重要的人。可是不久之後，有一隻老烏鴉飛到我身邊，仔細打量了我好一會，最後停在我的肩膀上說：

「『不知道那個農夫是不是想用這種愚笨的方法來糊弄我。任何一隻聰明的烏鴉，都能看出來你不過是用稻草填塞的。』然後，這隻烏鴉跳到了我的腳邊，大大方方地吃掉了所有牠想吃的玉米粒。別的鳥兒看見我拿這隻烏鴉一點辦法也沒有，也都飛來堂而皇之地大吃起來。沒過多久，我的身邊就圍了一大群烏鴉和別的鳥兒。

「我很傷心，這說明我不是一個稱職的稻草人。但是那隻老烏鴉卻安慰我說：『只要你有頭腦，你就會成為和他們一樣棒的人，甚至比他們還要厲害。不管是烏鴉還是人類，頭腦都是這個世界上最值得擁有的東西。』

「烏鴉飛走後，我想來想去，決定無論如何都要得到一副頭腦。幸運的是，妳剛好來了，還把我從竹竿上救了下來。聽了妳說的話，我相信到了翡翠城，偉大的奧茲一定會給我一副頭腦的。」

「但願如此，」桃樂絲誠懇地說，「因為你似乎很迫切地希望得到一副頭腦。」

「哦，是的，我非常渴望有頭腦。」稻草人回答，「知道自己是個傻瓜，這種感覺實在是太糟糕了。」

「好吧，」小女孩說，「我們就出發吧。」接著她把籃子遞給了稻草人。

現在，黃磚路的兩旁已沒有了柵欄，路面崎嶇不平，田地也沒有耕種過，看上去很荒蕪。傍晚時分，他們來到一片大森林，樹木高大又茂盛，樹枝在黃磚路的上頭交錯相接，遮住了頭頂的天空。走在樹蔭下面，濃密的樹蔭遮住了陽光，路途看起來昏暗極了，但桃樂絲他們並不準備停下腳步，徑直往森林裡走去。

「這條路一直延伸到森林裡，它一定會帶我們走出森林的。」稻草人說，「既然翡翠城就在這條黃磚路的終點，我們必須順著這條路一直往前走。」

「這是大家都知道的事。」桃樂絲說。

「當然了，所以我也知道嘛。」稻草人回答，「如果這種事情要用頭腦想才能想出來，我肯定就說不出這樣的話了。」

過了一個小時左右，天已經全黑了，他們在黑暗中蹣跚前進。桃樂絲什麼也看不見，但是托托能看見，小狗的眼睛在黑暗中也能看得很清楚。稻草人也說他可以和白天一樣看得很清楚。於是，桃樂絲抓住稻草人的手臂，倒也走得很平穩。

「如果你看到任何房子，或者其他任何能過夜的地方，」她說，「你一定要告訴我，在黑暗中行走簡直是太難受了。」

不一會兒，稻草人就了停下來。

「我看見我們的右邊有一座小屋，」他說，「用木頭和樹枝搭建的。我們要去那裡嗎？」

「去，當然要去。」小女孩回答，「我已經累得走不動了。」

於是，稻草人帶著她穿過樹林，來到了這座小屋。桃樂絲走進屋子，發現角落裡有一張乾樹葉鋪成的床。她立刻就躺了上去，托托也挨著她躺下，他們很快就睡著了。稻草人是永遠不會疲倦的，他自己待在另一個角落裡，默默等待黎明的到來。

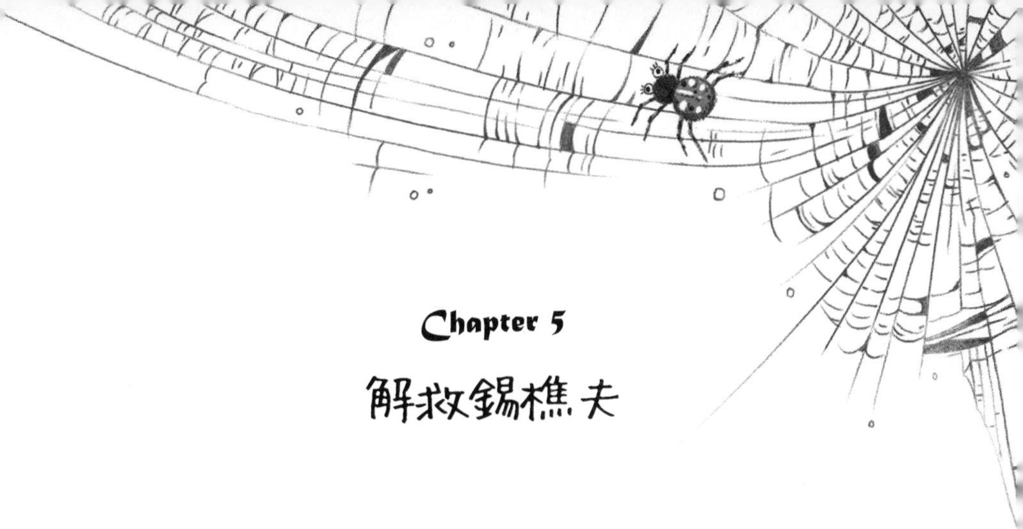

Chapter 5

解救錫樵夫

當桃樂絲醒來時，陽光已穿透樹葉間灑落下來，托托早就出去追逐小鳥和松鼠了。她坐起來環顧四周，稻草人仍舊站在屋子的角落裡，耐心等待桃樂絲醒來。

「我們得去找些水。」她對他說。

「找水要做什麼呀？」他問。

「路上的塵土太多了，我得把我的臉洗乾淨，我還得喝水，這樣就不會因為麵包太乾而卡在我的喉嚨裡了。」

「血肉做成的身體可真是麻煩。」稻草人若有所思地說，「你們得睡覺、吃飯、喝水。不過，有一點是好的，你們有頭腦，可以思考問題，忍受那麼多麻煩還是值得的。」

他們離開小屋，穿過樹林，找到了一股清澈的泉水。桃樂絲在那裡喝水、梳洗，以及吃早餐。

她發現籃子裡的麵包所剩不多，小女孩很慶幸稻草人不需要吃任何東西，因為食物已經快不夠讓她和托托度過這一天。

小女孩吃完後，正要回到黃磚路上，忽然聽見不遠處傳來一聲低沉的哀號，嚇了她一大跳。

「什麼聲音？」她害怕地問道。

「我也聽不出來。」稻草人回答，「但是我們可以過去看看。」

就在這時，又傳來一聲哀號，這聲音好像是從他們背後發出來的。他們轉過身去，往樹林裡走了幾步，桃樂絲發現有什麼東西在樹叢中被太陽照著，正在閃閃發光。她朝那裡跑去，但突然停了下來，驚叫一聲。

森林中一棵被砍得半倒的大樹旁，站著一個完全用錫做的人，他正高舉著一把斧頭，頭、手臂和腳都接合在他的身體上，但他卻佇立在那裡，似乎動彈不得。

桃樂絲看著他難以置信，稻草人也驚訝得說不出話來，托托則是使勁地吠叫，牠對著錫人猛咬了一口，反而把牙齒給咬痛了。

「剛才是你在哀號嗎？」桃樂絲問。

「是的，」錫人回答她說，「是我。我已經哀號一年多了，但是從來沒有人聽到我的叫聲，也沒有人來幫助我。」

「我能為你做些什麼嗎？」她小心地問道，小女孩被他憂傷的話感動了。

「幫我找一罐油吧，把它們塗在我所有的關節上。」他回答，「這些關節都鏽得很厲害，我完全沒法動彈。但是只要加一點點油，我就可以恢復原樣了。妳可以在我小屋的架子上找到一罐油。」

桃樂絲立刻跑去小屋，找到那個油罐，又拎著油罐跑回來，焦急地問他：「哪些地方是你的關節呢？」

「先在我的脖子上加點油吧。」錫人回答。小女孩在他的脖子上塗上油，但脖子實在鏽得很厲害，稻草人抓著錫人的脖子輕輕地左右扭動，直到變得比較靈活以後，錫人就能自己轉動腦袋了。

「現在再往我手臂的關節上抹上一些油吧。」他說。於是桃樂絲為他的其他幾個關節都塗了油，稻草人小心地彎曲它們，直到錫人的身體變得非常輕鬆了，和新的一樣活動自如。

錫樵夫滿意地吁了一口氣，放下他一直舉著的那把斧頭，把它斜靠在樹幹上。

「真舒服呀。」他說，「自從身體的關節生鏽，我就沒法再動彈了，一直這樣高舉著這把斧頭，實在是累極了。有了妳的幫助，總算是恢復正常了。現在，妳再往我腿上的關節上一些油吧，這樣我就能跟原來一樣地靈活自由行動。」

於是，他們又為他的腿上油，直到他能自由活動。重獲自由的錫人再三地向他們表達感謝之意，看起來真是一個懂禮貌又知道感激的傢伙。

「如果不是你們救了我，我恐怕就要永遠待在這裡，所以你們確實救了我的命。」他繼續說道，「對了，你們怎麼會到這個地方來？」

「我們要到翡翠城去，去拜訪偉大的奧茲。」她回答，「昨晚我們就是在你的小屋裡過夜的。」

「你們去找奧茲做什麼呢？」他問。

「我想要他幫助我回到堪薩斯，稻草人則是希望他能在他的腦袋裡放進一副頭腦。」她答。

錫樵夫沉思了一會兒，然後說道：「你覺得奧茲會給我一顆心嗎？」

「哦，我想他會的。」桃樂絲說，「就像給稻草人頭腦一樣容易。」

「沒錯。」錫樵夫說，「如果你們答應讓我加入你們的隊伍，我也想到翡翠城去，我想要偉大的奧茲給我一顆心。」

「那就一起去吧。」稻草人熱情地歡迎他，桃樂絲也很高興有一個新朋友作伴。於是，錫樵夫扛起他的斧頭，和他們一起穿過樹林，回到了黃磚路上。

錫樵夫囑咐桃樂絲要把他的油罐帶上，「因為，」他說，「要是淋到雨，我的身體會生鏽，到時會非常需要這罐油的。」

有了這位新夥伴的加入，是非常幸運的事，在他們剛上路不久，就碰到了一片叢林，茂密的樹林枝葉完全擋住了他們的去路。幸好有錫樵夫在，只見他雙手揮舞，斧頭在雜草上飛速砍動，很快就清理出一條道路來。

桃樂絲走路時，滿腦子的心事想得正出神，沒注意到稻草人跌進了坑裡，滾到了路的一邊。他只好喊桃樂絲幫助他，讓他再站起來。

「你怎麼不繞過那個坑洞走呢？」錫樵夫問。

「我什麼也不懂呀。」稻草人笑嘻嘻地回答，「你看，我的腦袋裡塞滿了稻草，這就是我為什麼要到奧茲那裡，請他給我一副頭腦的原因。」

「哦，我明白了。」錫樵夫恍然大悟，「但說到底，頭腦並不是世界上最好的東西呀。」

「你有大腦嗎？」稻草人問。

「沒有，我的腦袋裡也是空空的。」錫人說，「但我從前也是有大腦，還有一顆心。如果不能兩樣都要，我寧願向奧茲要一顆心。」

「為什麼呢？」稻草人疑惑。

「我告訴你我的故事，你就會明白了。」

於是，在他們穿越樹林的同時，錫樵夫講述了他的故事：

「我是一個樵夫的兒子，我的父親以砍樹木賣柴火為生。我長大後也成了樵夫，父親去世後，我又悉心照料母親，直到她也離開了我。然後，我決心要結婚以結束我寂寞的生活，這樣我就不會孤單了。

「有個蠻支金女孩，長得非常漂亮，我很快就全心全意地愛上她。至於她，她答應我，只要我賺到足夠的錢，為她造一座好房子，她就嫁給我。因此，我比從前工作得更賣力了。但這個女孩和一個老太婆住在一起，因為這個老太婆很懶惰，她不願意女孩嫁給任何人，好為她做飯、料理家務。於是，她就去找到了邪惡的東方女巫，對她說，如果她能阻止女孩嫁人，就會給她兩隻羊和一頭牛，作為回報。於是，邪惡女巫在我的斧頭上施了魔法。當時我為了盡快迎娶這個女孩，正在蓋一座新房子。有一天，我正努力砍樹時，斧頭突然滑落下來，砍斷了我的左腿。

「一開始，這件事如同晴天霹靂，我知道，只有一條腿的人根本沒辦法成為一個好樵夫。所以我去找了一個錫匠，請他用錫為我做一條新腿。我習慣了那條腿後，也就覺得沒有什麼不方便了。但我裝上一條錫腿的事，被邪惡女巫知道了，她答應過老太太，不能讓那漂亮的鸞支金女孩嫁給我。所以，當我再度砍樹時，斧頭又滑脫了手，砍斷我的右腿。於是，我只好請錫匠再幫我製作一條錫做的右腿。但在這之後，這把被施了魔法的斧頭，又接二連三地砍斷了我的雙臂。就算如此，我也沒有放棄，又裝上兩條錫手臂。但邪惡女巫並沒有善罷甘休，最後把我的頭也砍了下來，起初我心想這下可完了。好心的錫匠正好路過，為我裝上了一個錫做的新的頭。

「我以為自己打敗了邪惡女巫，就比從前更加賣力地工作，但根本沒

想到她還有更加惡毒的招數。為了阻止蠻支金女孩嫁給我，她想了一個新方法，斧頭再次滑脫，這回它直接把我的身體劈成兩半。但錫匠真是個好人，他為我打造了一副全新錫做的身體，再用關節把我的錫手臂、錫腿銜合在我的錫身體上，這樣我就可以像以往一樣活動自如。可是，唉！我現在沒有心了，我失去了所有我對蠻支金女孩的愛，也不在乎是否能夠娶到她了。我想，她依舊和那個老太婆住在一起，等著我去娶她呢。

「這個身體在陽光下閃閃發光，照耀得非常明亮，我驕傲極了。現在斧頭也奈何不了我，它已經無法再傷到我了。只有一個危險——我的關節會生鏽。所以在我的小屋裡，藏著一罐油，無論什麼時候，當我需要它時，就可以拿出來潤滑身體。但是有一天，我忘記了這件事，正好碰上一場暴風雨，當我想起來要加油時，為時已晚，關節已經生鏽了。如此一來，我只好這麼待在樹林裡，直到你們到來，幫助了我。被困在樹林裡的生活實在太可怕了，但也因此有了一年的時間，使我能夠認真思考，我意識到自己最大的損失就是失去了心。當我戀愛的時候，我是世界上最幸福的人，但是沒有人會愛一個沒有心的人，所以我決心去請求奧茲給我一顆心。如果他實現了我的願望，我就去重新尋找那位蠻支金女孩，娶她做我的妻子。」

桃樂絲和稻草人都對錫樵夫的故事深感興趣，現在他們終於知道，為什麼錫人如此

渴望得到一顆心了。

「雖然如此，」稻草人說，「我還是寧願要一副頭腦，一個傻瓜即使有心也做不好事。」

「我要的是一顆心，」錫樵夫回答，「因為頭腦不會使人幸福，而幸福是世界上最好的東西了。」

桃樂絲什麼也沒說，因為她不知道他們兩個誰對誰錯。但她很清楚，她只想回到堪薩斯，回到愛姆嬸嬸的身邊，無論是錫樵夫沒有頭腦、稻草人沒有心，或者每一個人都得到了他們所想要的東西，都無關緊要。

但現在，她最擔心的是籃子裡的麵包所剩無幾，只夠她和托托再吃一餐。當然，錫樵夫和稻草人都不用吃東西，但她可不是錫或者稻草做的，她和托托只有吃東西才能活下去。

Chapter 6

膽小的獅子

這段時間，桃樂絲和她的朋友們一直在樹林裡穿行。雖然這條路依然是用黃磚鋪成，但因為路面被許多掉落的乾樹枝和枯葉覆蓋住，所以走起來並不輕鬆。

在這一帶的樹林中，幾乎看不見鳥，鳥兒們喜歡陽光充足的開闊地方。遠處樹林中，不時傳來躲藏的野獸的低沉吼聲。小女孩膽戰心驚，她不知道這是什麼聲音。但托托知道，牠緊靠著桃樂絲身邊走，叫也不敢叫一聲。

「到底還有多久我們才能走出這片樹林？」小女孩問錫樵夫。

「我不知道，」他回答，「因為我從來沒去過翡翠城。但是我小的時候，我的父親去過一次，他說這是一條遙遠的路途，還要經過一個非常可怕的地方，儘管這個更靠近奧茲住所的城市

很美麗。但我一點也不怕，只要有了油罐，什麼也傷害不了我，也沒有什麼東西能夠傷害稻草人。而妳的額頭上有善良女巫親吻的印記，這將會保護妳不受傷害的。」

「可是，托托呢！」小女孩擔心道，「誰來保護牠呢？」

「如果牠遭遇危險，我們必須一起盡全力來保護牠。」錫樵夫說。

他話才剛說完，樹林裡就傳來了一陣可怕的吼聲，接著，一隻凶猛的獅子跳到了路上。獅子的獅掌一揮，稻草人就轉了好幾個圈，一下子倒在了路旁，接著，獅子又用牠鋒利的爪子攻擊錫樵夫。但是，令獅子驚訝的是，雖然錫人也倒在地上，一動也不動，但錫人的身上並沒有留下任何傷痕。

現在，小托托有敵人要面對了，牠吠叫著朝獅子跑去，而這大怪獸張大了嘴巴，準備去咬托托。桃樂絲害怕托托被大獅子吃掉，不顧危險地衝上前去，使出全身力氣狠狠地揍了獅子的鼻子一拳，她高聲喊道：

「你竟然敢咬托托！像你這樣的大野獸，竟然去咬一隻瘦弱的小狗，你真該為自己感到羞恥！」

「我沒有咬牠。」獅子一邊回答，一邊伸出爪子去揉被桃樂絲揍過的鼻子。

「不，你剛剛明明要咬牠。」她反駁道，「你只不過是個看起來大隻的膽小鬼。」

「我知道。」獅子羞愧地低下頭說，「我一直都知道自己很膽小，但是又能怎麼辦呢？」

「我很確定，我也不知道你能怎麼辦。但是你好好想想，你居然欺負一個填塞著稻草的人，就像這個可憐的稻草人！」

「他是用稻草做的？」獅子驚訝地問。牠看見桃樂絲扶起稻草人，讓他站起來，她又輕輕拍了拍他，將他恢復原樣。

「那當然了，」桃樂絲還生著氣呢，「他就是用稻草填塞的。」

「怪不得輕易就能被摔出去。」獅子說，「我還在疑惑呢，剛才他那樣轉個不停。那另一個呢，也是稻草做的嗎？」

「不是。」桃樂絲說，「他是用錫做的。」說著她又扶起了錫人。

「怪不得他剛剛差點把我的爪子給磨壞了，」獅子說，「當我的那些爪子抓著那錫身體時，背上冷得直打哆嗦。嗯，那個小傢伙呢？妳倒是很疼愛牠呀。」

「牠是我的狗，牠叫托托。」桃樂絲回答。

「牠也是用錫或是稻草做的嗎？」獅子問。

「才不是呢，牠可是一隻有血有肉的狗。」小女孩說。

「哦，真是種奇怪的動物呢，牠看上去這麼小，除了我這樣的膽小鬼，沒人會想要咬這樣一個小東西。」獅子憂傷地說道。

「是什麼讓你變成一個膽小鬼？」桃樂絲驚訝地望著這隻巨大野獸問道，因為牠的體型大得像一匹小馬。

「這是個謎，」獅子回答，「我想我生來就是這樣。森林裡的所有動物都很自然地期待我很勇敢，因為不管在哪裡，獅子都被叫做百獸之王。我知道，只要我大吼一聲，所有的動物就會驚嚇到趕緊躲開。我每次遇到人，其實都很害怕，但只要我對著那個人吼叫一聲，那個人總會以最快的速度逃跑。如果大象、老虎和熊想要攻擊我，我也會像這樣早就逃跑了——我真是一個膽小鬼；但牠們只要聽到我吼叫，個個都想躲開我，當然，我也就隨牠們去了。」

「但這不對呀，百獸之王怎麼可能是個膽小鬼呢。」稻草人說。

「我知道。」獅子說著，並用尾尖擦去眼裡的淚水，「這就是我最難過的地方，我的生活一點也不開心。每當有危險的時候，我的心跳就開始加速。」

「說不定你有心臟病呢。」錫樵夫猜測。

「或許吧。」獅子說。

「如果你有心臟病，」錫樵夫繼續說，「你應該感到高興，這證明你有一顆心。而我是沒有心的，就算想得心臟病也沒辦法。」

「也許吧。」獅子想想說，「如果我沒有心，也就不會是個膽小鬼了。」

「你有大腦嗎？」稻草人問。

「我想應該有吧，但我從來沒注意過它。」獅子回答。

「我要請求偉大奧茲給我一副頭腦，」稻草人說，「因為我的腦袋裡塞滿了稻草。」

「我要請求他給我一顆心。」錫人也表達了他的願望。

「我要請求他把我和托托送回堪薩斯。」桃樂絲接著說。

「你們覺得奧茲會給我勇氣嗎？」膽小獅問。

「像給我一副頭腦一樣容易。」稻草人回答。

「像給我一顆心一樣容易。」錫人說。

「像送我回到堪薩斯一樣容易。」桃樂絲說。

「那麼，如果你們不介意的話，我能和你們一起去嗎？」獅子感慨著，「因為要是沒有一點勇氣，這樣的生活令人難以忍受。」

「我們很歡迎你加入，」桃樂絲回答，「因為你可以幫我們嚇跑其他的野獸。在我看來，既然牠們這麼輕易就被你給嚇跑了，那牠們一定都比你膽小。」

「確實如此。」獅子說，「但我並沒有因此變得更勇敢，只要我一天覺得自己是個膽小鬼，我就一天也不會快樂。」

於是，小夥伴們又動身上路了。獅子抬著頭威風凜凜地走在桃樂絲的旁邊。托托一開始並不歡迎這位新夥伴，牠沒忘記自己差點就被獅子尖利的牙齒咬碎。但過了一段時間後，托托卸下心防自在多了，牠和這隻膽小的獅子逐漸成為好朋友。

那天他們沒再碰上什麼危險，一路上平安無事。一次，錫樵夫不小心踩到了一隻正沿路爬行的甲殼蟲，把這可憐的小傢伙踩死了。這讓他感到非常內疚，他總是小心翼翼地，不願傷害任何東西。因此錫樵夫一邊走，一邊流下了難過的眼淚。眼淚從他的臉上淌下來，一直淌到下巴的鉸鏈，嘴巴很快就生鏽而不能動了。過了一會兒，桃樂絲問他話時，他張不開嘴回話，因為他的下巴已經緊緊地鏽住了。他這時變得非常焦慮，連忙比劃著請桃樂絲幫忙，但是桃樂絲不知道他在說什麼，獅子也一頭霧水。多虧是稻草人從桃樂絲的籃子裡拿出油罐，給錫人鏽住的下巴上些油。沒多久，他又能和之前一樣說話了。

「這真是給了我一個教訓，」他說，「以後走路我可要看清楚了，要是又踩到什麼毛毛蟲或甲殼蟲，我肯定又會哭的，哭鏽了我的下巴，我就再也不能講話了。」

這以後，他走路都非常小心，眼睛盯著地上，看到一隻螞蟻在地面上辛苦爬行，他就連忙避開，生怕傷害了牠。錫樵夫知道自己是沒有心的，因此他特別當心，永遠不要殘忍地或者不仁慈地對待其他的生命。

「你們這些有心的人，」他說，「有東西指引方向，你們就不會犯錯；但是我沒有心，我就必須非常小心。等奧茲給了我一顆心，我當然就不需要那麼地在意了。」

Chapter 7

尋訪偉大的奧茲國

那天晚上，他們不得不露宿在森林裡的一棵大樹下，因為附近一戶人家也沒有。樹木高大而茂盛，擋住了露水。錫樵夫用他的斧頭砍下了一大堆木柴。桃樂絲生起一堆旺火，熊熊燃燒的火焰帶來溫暖，也驅散了孤獨。她和托托吃掉了最後一點麵包，但她不知道明天的早餐是否有著落。

「如果妳願意，」獅子說，「我可以去森林裡為妳獵一頭鹿。因為妳的口味很特別，喜歡吃熟食，妳可以把它放在火邊烤，這樣一來，妳將會吃到一頓豐盛的早餐的。」

「不，請不要這樣做。」善良的錫樵夫連連懇求，「如果你殺死一頭可憐的鹿，我一定又會流眼淚，我的嘴巴可又得生鏽啦。」

但獅子自顧自跑到林子裡去了，牠要去找自

己的晚餐，沒有人知道牠究竟吃了什麼，因為牠什麼也沒說。稻草人倒是找到一棵結著堅果的樹，就在桃樂絲的籃子中裝滿堅果，至少一段時間裡，桃樂絲不會餓到肚子。她覺得稻草人很善良、體貼，但看著他笨手笨腳摘堅果的樣子，又覺得非常好笑。他填滿稻草的手很笨拙，而堅果又太小，所以他是一邊撿一邊掉。結果，撿到籃子裡的果子和他漏掉的一樣多。但稻草人一點也不在意要花多久時間才能把籃子裝滿，因為這樣他就可以遠離那堆火了，他害怕那堆閃閃發光的東西，只要有一小顆火星濺到他身上，他就會被燒得什麼也沒有了。所以他總是小心翼翼，和火堆保持著相當遠的距離，直到桃樂絲躺下準備睡覺時，他才走近桃樂絲，為她蓋上乾樹葉。這讓小女孩感到非常舒適與溫暖，她睡得很香地一覺到天亮。

天亮了，桃樂絲醒來起身，在潺潺的溪水邊洗了把臉，就和夥伴們向翡翠城進發了。

對這幾個旅人而言，今天可說是多災多難的一天。他們剛走了一個小時，就看見一條很大、望不到盡頭的壕溝橫穿過道路，把森林一分為二。那真是一條寬闊的大壕溝，他們走近往下一看，壕溝也一樣深得可怕，許多鋸齒形的大石頭落在溝底。兩邊也很陡峭，誰也沒有辦法爬下去，面對這樣危險的一條壕溝，有那麼一會兒，他們以為去翡翠城的旅程似乎就要在這裡終止了。

「我們該怎麼辦呢？」桃樂絲垂頭喪氣道。

「我一點想法也沒有。」錫樵夫說。獅子搖了搖牠那蓬鬆的鬃毛，看起來若有所思。

但稻草人說：「我們肯定是不能飛過去，也無法爬過這條深溝。因此，要是不能跳過去，我們就只好停在這裡了。」

「我想我可以跳過去。」膽小獅謹慎地估量過壕溝的寬度後說。

「那我們就不用煩惱了。」稻草人興奮不已，「你可以背著我們跳到對岸去，一次背一個。」

「好吧，我試試看。」獅子說，「那麼，誰要先來？」

「我先來吧。」稻草人身先士卒，「如果你沒有跳過去，桃樂絲就會被摔死。錫樵夫要是掉在石頭上，也會被砸出嚴重的凹痕。但如果你背的是我，那就沒什麼關係了，就算掉進深溝裡，我也不會受什麼傷。」

「我自己也很害怕掉下去。」膽小獅說，「但我想除了試試看之外，也別無選擇了。好吧，你就到我的背上來，我們試一試。」

稻草人爬到獅子的背上，獅子走到深溝邊，蹲下來準備起跳。

稻草人不禁問：「你為什麼沒有助跑，再起跳呢？」

「獅子可不是這樣的跳法。」牠回答。緊接著縱身一躍，身體凌空而過，穩穩地落在了對面。原來獅子這麼輕易就能跳過去，大家既吃驚又高興。稻草人從獅子的背上下來，獅子轉身跳回了壕溝這邊。

桃樂絲心想，下一個該輪到她了。於是她一隻手抱著托托，一隻手緊緊抓住獅子的鬃毛。說時遲那時快，她感覺自己像是突然飛了起來，還沒回過神來，就已經落到了地面。獅子跳回去，這次是把錫樵夫也帶了過來。然後他們都坐下來，讓獅子歇息一會兒，這麼幾次折騰，從這邊跳到那邊，又從那邊跳回來，獅子已經氣喘吁吁，像大狗一樣疲倦地吐著舌頭。

他們發現壕溝這邊的樹林更加茂密，光線幽暗。等獅子休息夠了，他們就繼續踏上了黃磚路，一個個都沉默著，心中暗自猜測，不知道能不能走出這片黑暗森林，重新見到陽光。不一會，森林裡面傳來一種奇怪的聲音，令人毛骨悚然。獅子小聲地告訴大家，這裡是卡力達的地盤。

「卡力達是誰？」桃樂絲問。

「牠們是一種怪獸。身體像熊，頭像老虎，爪子又長又尖，輕易就能把我撕成兩半，和我撕托托沒有區別。我很害怕卡力達。」

「我一點也不驚訝你害怕牠們。」桃樂絲看著牠，「牠們一定是非常恐怖的怪獸了。」

獅子剛要回答，突然發現前面又出現了一條壕溝。這條溝比之前的那條要更深、更大。獅子一看就知道，根本不可能跳得過去。

夥伴們開始坐下來想辦法。認真考慮後稻草人提出了建議：

「緊靠著溝邊的地方，有一棵大樹，只要錫樵夫能夠把它砍下來，大樹橫臥在壕溝上，我們就能輕鬆地過去了。」

「真是個好主意啊。」獅子讚歎道，「人們幾乎要懷疑你的腦袋裡裝的是大腦，而不是稻草。」

錫樵夫立刻舉起斧頭砍樹，他的斧頭很鋒利，不一會兒那棵樹就快被砍斷了。於是獅子用牠有力的前腿抵住樹幹，使盡全力地推，大樹慢慢地倒下來，咔嚓一聲，正好橫架在壕溝上面，那有枝葉的樹頂，落到了壕溝的另一邊。

一行人正要走過這座古怪的樹橋，忽然聽到一陣尖銳的咆哮。他們向四面查看，只見兩隻虎頭熊身的大怪物，正目光凶狠地朝他們走來，讓他們驚恐萬分。

「牠們就是卡力達！」膽小獅嚇得渾身發抖。

「快！」稻草人高聲喊道，「我們快點過去。」

於是，桃樂絲走在最前面，她懷抱著托托，錫樵夫跟著她，稻草人守在後面。獅子雖然心裡慌張，但還是轉過身去，朝著怪物卡力達，發出洪亮且可怕的怒吼。桃樂絲嚇得尖聲大叫，稻草人也向後倒退一步。這時候，就連怪獸也停滯了腳步，驚訝地看著獅子。

但是，卡力達很快就發現自己塊頭要比獅子大很多，而且牠們是兩個攻擊獅子一個，勝算很大，緩過神後，又向他們衝了過來。獅子跨過了深溝，回頭看怪物們究竟會怎麼辦。凶猛的怪物們緊追不捨，正衝上樹橋。

獅子對桃樂絲說：「這下完蛋了，牠們的爪子可不放過任何獵物，我們鐵定會被撕成碎片。但是請妳相信我，站在我的身後，只要我還活著，我一定盡最大的力量保護妳。」

「等一下！」稻草人喊著。他已經想出了最好的辦法，他請錫人砍掉壕溝這邊的樹梢。錫樵夫立刻揮起了斧頭，正當怪獸卡力達快要接近他們的時候，樹橋突然猛的一下倒進了深溝。這兩隻醜陋而凶暴的怪獸還沒反應過來，就跟著跌落下去，撞在深溝底下的尖石上，發出一聲悶響。

「太好了。」膽小獅深深地吸了一口氣說，「看來，我們都能多活一段時間啦，真高興。不能活著一定是最糟糕的事情了！這些怪物真是把我嚇壞了，這時候我的心還在怦怦亂跳呢。」

「唉，」錫樵夫歎氣，「我倒是願意有一顆能怦怦跳的心呢。」

這次遇險，使得每個人都很急切地想走出這片森林。他們走得很快，不一會兒桃樂絲就感到非常疲倦了，她只好騎到了獅子的背上。令他們欣喜的是，愈往前走，樹木愈稀薄，道路愈開闊了。下午，他們突然看到一條寬闊的大河橫在眼前，河水湍急。但是就在河的對岸，有一片美麗的田野，黃磚路在廣袤蔥翠的田野裡穿行，繁花似錦，樹木茂盛，果實累累，景色豐饒瑰麗，一行人為此深深吸引。

「我們怎樣才能過河呢？」桃樂絲問。

「很簡單，」稻草人回答，「只要錫樵夫為我們做一片木筏，我們就能順利過去了。」

於是錫人揮起斧頭，砍倒一些小樹，將它們紮成木筏。在他忙著造筏的時候，稻草人發現河岸邊有一棵果樹。這讓桃樂絲很高興，因為她一整天除了堅果以外，沒有別的東西可吃，現在終於可以享用一頓豐盛的水果餐了。

但造一片木筏可不是件輕鬆的事，儘管錫樵夫工作得很勤快，也不知疲倦，忙到太陽快下山了，木筏也沒有完成。就這樣，他們在大樹下找了個舒服的地方，在那裡一直睡到第二天早晨。小女孩桃樂絲夢見了翡翠城，還有偉大巫師奧茲，他很快就會把她送回家鄉了。

Chapter 8

致命的罌粟花田

第二天早上，小夥伴們都醒過來了，精神抖擻，滿懷希望。桃樂絲發現河邊的幾棵果樹上，結著許多桃子和李子。她像個公主一樣幸福地吃了一頓早餐。他們身後就是那片陰森危險的森林，雖然歷經種種波折，幸好大家都平安地穿越了它。此刻在他們眼前的，是片廣闊又明亮的美麗田野，似乎在召喚他們前往翡翠城呢。

這一條寬闊的大河，將他們與這片美麗的田野隔得很遠，還好木筏已經快完成了。錫樵夫又砍了幾根木頭，用木榫把它們固定接合在一起，他們就準備出發了。桃樂絲坐在木筏中央，懷裡抱托托。當膽小獅踏上木筏時，因為牠的身軀又大又重，以致木筏搖晃得很厲害；但稻草人和鐵皮樵夫站在木筏的另一端，以保持木筏的平衡，他們手裡拿著長竿來推動木筏過河。

一開始他們很順利，但在就要到達河流中心時，湍急的水流，推著木筏往下游漂去，使他們離黃磚路愈來愈遠了，木筏開始不聽使喚，長竿子也碰不到河底了。

「這下可糟了。」錫樵夫說，「要是我們上不了岸，河水就會把我們帶到西方邪惡女巫的國度去，她會施展魔法，把我們都變成她的奴隸。」

「那樣我就得不到大腦了。」稻草人說。

「我就得不到勇氣了。」獅子說。

「我就得不到心了。」錫樵夫說。

「我就永遠回不到堪薩斯了。」桃樂絲說。

「只要想到辦法，我們肯定能到翡翠城去的。」稻草人沒有洩氣，他撐著長竿，把它插到河底的爛泥裡，但還沒等他拔出來——或是放手丟掉長竿——木筏就讓急流給沖走了，可憐的稻草人就這樣緊緊抱住插在河中的長竿子，被留在了河中央。

「再見啦！」他朝他們大聲喊。稻草人被遠遠地遺落在那裡，夥伴們都很難過。錫樵夫哭了起來，但他立刻想到眼淚會讓他生鏽，只好用桃樂絲的圍裙擦乾了眼淚。

這件事對稻草人來說，當然是太倒楣了。

「現在我比遇見桃樂絲的時候糟糕多了。」他想著，「那時我被掛在田野裡的竹竿

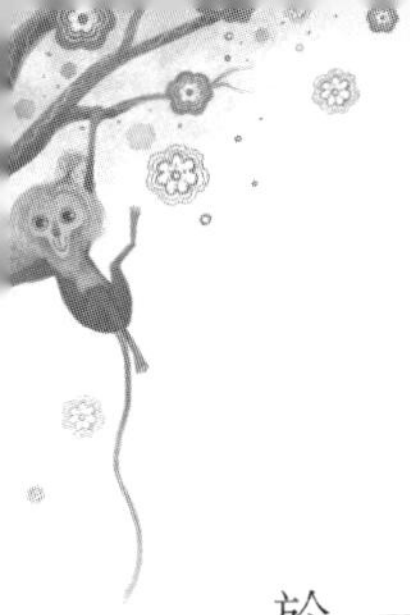

上，無論如何，在那裡我還可以偽裝成一個人，嚇唬飛來的烏鴉們。但是在這裡，我被孤零零地掛在河中央，沒有任何用處了。多麼難過，我將永遠也得不到大腦了。」

木筏很快被沖到下游，可憐的稻草人，遠遠地被拋在他們身後。這時候獅子開口說話了：

「我們必須想辦法自救。我想我能游到對岸，並把木筏拖到岸邊，只要你們緊緊抓住我的尾巴。」

獅子毫不遲疑就跳下了河，錫樵夫緊緊抓住獅子的尾巴，然後獅子使出全身力氣向岸邊游去。儘管獅子非常強壯，但要拖著木筏游泳也不容易，不過慢慢地，他們就被拖出了這股急流。桃樂絲拿起錫樵夫的長竿子，幫著把木筏撐到河岸邊。

終於到了岸邊，踏上美麗的綠草地時，大家都累得精疲力盡。但他們也知道，河水已經把他們沖到離通往翡翠城的黃磚路很遠的地方來了。

「現在該怎麼辦才好呢？」錫樵夫問，獅子則是躺在草地上讓太陽把身子晒乾。

「無論如何，我們必須走回到那條路上去。」桃樂絲說。

「最好的辦法就是，沿著河岸一直往回走，我們必須回到黃磚路上去。」獅子說。

於是，稍作休息後，桃樂絲提起她的籃子，沿著長滿了草的河岸往前走，回到那被河水帶走之前的地方去。這裡真是個美麗的地方，野花和果樹遍地都是，陽光鼓舞著他們。如果不是惦記著稻草人，他們本來應該是非常開心的。

大夥兒都腳步飛快，往回走去，桃樂絲只駐足過一次，是為了摘取一朵好看的花兒。過了一會錫樵夫叫道：「看哪！」

他們一齊朝河中央看去，稻草人高高地抱緊插在河中的長竿子，看起來非常孤單和悲傷。

「我們怎樣才能救他呢？」桃樂絲問。

獅子和錫人都搖搖頭，他們也不知道該怎麼辦。大家在岸邊坐了下來，愁眉苦臉地看著稻草人。這時候一隻鸛鳥飛來，看到了他們，就在河岸邊停了下來。

「你們是誰？要到哪裡去？」鸛鳥問。

「我叫桃樂絲。」小女孩回答，「這是我的朋友，錫樵夫和膽小獅。我們要到翡翠城去。」

「這可不是去翡翠城的路。」鸛鳥伸長了脖子，充滿警惕地上下打量他們。

「我知道。」桃樂絲回答，「但我們把稻草人丟在這裡了，正在想辦法把他給救回來呢。」

「他在哪裡？」鸛鳥問。
「就在河面上。」小女孩回答道。
「如果他不是又大又重，或許我能幫妳把他救回來。」鸛鳥說。
「他一點也不重，」桃樂絲非常急切地說，「他是用稻草做成的。要是你能幫我們把他救回來，那就太感謝你了。」
「好吧，我會盡力而為。」鸛鳥說，「但是如果他太重了，我就只能把他留在河裡的長竿子上了。」
然後，這隻大鳥就展開翅膀飛向水面上空，來到抱著長竿子的稻草人的地方。接著，牠用爪子抓住稻草人的肩膀，拎著他凌空飛起，回到了岸邊。桃樂絲、獅子、錫樵夫和托托，都期盼著稻草人回來。
稻草人發現自己終於回到了朋友們的身邊，興奮地和他們一一擁抱，甚至也擁抱了膽小獅和托托。一行人重新出發前往翡翠城，稻草人開心極了，他一路上都在唱著：
「托－德－雷－德－哦！」
「我真擔心自己要永遠待在河裡了呢。」他說，「幸虧好心的鸛鳥救了我，要是我能得到大腦的話，就要找到那隻鸛鳥，然後想辦法報答牠。」

「那很好。」鸛鳥就在他們頭頂上飛著呢，「我一向喜歡幫助有困難的人。不過現在我必須走了，我的寶寶們還在窩裡等我呢。願你們早日到達翡翠城，偉大的奧茲會幫助你們的。」

「謝謝你。」桃樂絲真誠地說道。於是仁慈的鸛鳥飛回空中，一會兒就消失不見了。

他們繼續往前走，豔麗的鳥兒啾啾地歡快鳴唱，目之所及，花朵爛漫，無盡地往前延伸。除了許多黃色、白色、藍色、紫色花朵，還有大團大團猩紅色的罌粟花，明媚得令人眩暈，桃樂絲沉浸其中，被眩迷得睜不開眼睛。

「這些花不是很美麗嗎？」桃樂絲閉上眼睛，盡情地呼吸著花朵的芳香。

「我看也如此。」稻草人回應道，「等我有了大腦，應該會更喜歡它們的。」

「要是我有一顆心，也準會愛上它們的。」錫樵夫跟著說。

「我一直都很喜歡花。」獅子說，「它們看起來如此弱不禁風，不過森林裡的花朵不會有這樣鮮豔的顏色。」

他們一直往前走，猩紅色的花朵開得愈來愈無法無天，其他的花朵都沒法生存了。過了一會，他們就發現自己置身於一大片罌粟花田中。這是人人都知道的，這樣豔麗的花全都開在一起，是極為不正常的事情，它們的香味濃郁，無論什麼人聞到了，都要昏

睡過去。如果睡著的這個人不及時離開，就會一直沉睡下去，永遠醒不過來了。但桃樂絲不知道這一點。沒過多久，她的眼皮變得沉重，覺得最好能馬上躺下來，進入到夢鄉。

但錫樵夫不允許她睡覺。

「我們得快點走了，天黑前一定要回到黃磚路上。」他說；稻草人也點頭同意，於是他們接著趕路，一直走到桃樂絲再也站不起來。她的眼皮不由自主地閉起來，忘記了自己身處何地，倒頭就在罌粟田裡睡著了。

「我們該怎麼辦呢？」錫樵夫擔心起來。

「如果我們把她扔在這裡不管，她肯定活不成。」獅子說，「這些花的香氣簡直是令人窒息，我的眼睛也快招架不住了，小狗早就已經睡著了。」

獅子沒說錯，托托已經躺倒在牠的小主人身邊。稻草人和錫樵夫不是血肉做的，這一點香味奈何不了他們。

「快跑！」稻草人對獅子說，「趕緊離開這塊致命的花田，我們會帶著桃樂絲的，但是如果你睡過去了，塊頭那麼大，我們可是無能為力呀。」

獅子振作精神，拚盡全力往前跑去，一眨眼就看不見了。

「讓我們用手搭成一把椅子，抬著桃樂絲走。」稻草人建議。於是他們抱起托托，放在桃樂絲的膝蓋上，然後用雙手搭成一把椅子，手臂就是椅背了，抬起熟睡的小女孩穿越花叢。

他們走啊走啊，罌粟花田好像被施了魔法似的，成了一張巨大的地毯，圍繞在他們四周，怎麼也看不到邊際。他們順著彎曲的河流往前走，終於遇到了獅子，牠已經躺倒在罌粟花叢中呼呼大睡。這豔麗花朵的香氣，強烈地麻醉著這隻大傢伙，牠愈來愈沒力氣，最後，在快要逃離這片花田的時候倒下了。然而，在他們的前方不遠處，就是罌粟花田的盡頭，芬芳的綠草在原野中迎風飛舞。

「我們救不了牠。」錫樵夫難過地說，「牠太重了，我們根本抬不動牠，只好把牠留下來。哦，我們的好朋友膽小獅，牠會永遠在這裡沉睡的。牠只能在夢裡去尋找勇氣了。」

「我也很傷心。」稻草人說，「這麼膽小的一隻獅子，牠已經是很好的夥伴了。即便如此，我們還是要繼續趕路呀。」

他們抬著沉睡中的小女孩，來到河邊一個非常美麗的地方，離罌粟花田已經很遠了，再也不用害怕桃樂絲聞著那有毒的香氣。他們把桃樂絲輕輕地放在綿軟的草地上，等待新鮮的微風吹醒她。

Chapter 9
田鼠女王

「我們離黃磚路沒多遠了。」稻草人站在桃樂絲身邊守護著她，「因為我們已經走了差不多有之前河水把我們沖走的距離了。」

錫樵夫正要接話，忽然聽到一聲低吼，不由得轉過頭去，他的那些鉸鏈做得很精緻。只見一隻奇怪的動物跳躍著朝他奔來，天哪，這是一隻黃色的大野貓。錫樵夫想，牠一定是在追著什麼東西。這傢伙的耳朵緊貼著腦袋，牠的嘴巴張得很大，兩排難看的牙齒露在外面，眼睛紅得如同燃燒的火球，發出紅光。等牠到跟前時，錫樵夫才發現，還有一隻灰色的小田鼠跑在牠前面。雖然他沒有心，但他也知道，一隻大花貓要去咬死一隻美麗無辜的小動物，是不對的。

於是，錫人舉起斧頭，說時遲那時快，就在大野貓跑過身邊的瞬間，他的斧頭飛快地讓野貓的腦袋搬了家，骨碌碌地滾到了他的腳邊。

灰色的小田鼠死裡逃生，牠停下了腳步，來到錫人身邊，說話聲音輕而尖細：

「哦，太謝謝你了！謝謝你救了我的命。」

「千萬別這麼說。」錫人回答，「你知道，我沒有心，所以我特別留意去幫助那些有需要的朋友，哪怕牠只是隻田鼠呢。」

「只是隻田鼠！」那傢伙憤憤地叫起來，「什麼！我可是女王，是所有田鼠的女王啊！」

「啊，失敬了。」錫人倒覺得不好意思了，他彎身向女王鞠了一躬。

「是啊，你救了我一命。這可是一件大功勞，而且是一件勇敢的事情。」女王繼續說。

就在這時，好幾隻田鼠用牠們的小短腿快步朝這裡奔來，牠們見到女王還活著，都驚訝極了，連忙上前問候。

「哦，女王陛下，我們都以為您被大野貓咬死了呢。您是怎麼從牠的魔爪下逃出來的？」說著，牠們一齊向著牠們的女王深深地鞠躬，頭都快碰到地上了。

「是這個好心的錫人，」女王介紹道，「是他殺死了野貓，救了我一命。所以，今

後你們都要聽他的吩咐，服從他的每一個小小的願望。」

「遵命！」小田鼠們齊齊地用尖細的聲音回答。這時候托托醒來了，牠發現周圍有這麼多的小田鼠，不由得歡快地叫起來，跳進田鼠堆裡面去。小田鼠們嚇壞了，趕忙四散逃走。托托在堪薩斯的時候，也常常喜歡追逐小田鼠，牠不覺得這麼做有什麼害處。

錫樵夫趕緊抓住托托，把牠夾在他的臂彎裡，摟得緊緊的，然後朝小田鼠們喊著；「回來吧，回來。托托不會傷害你們的。」

田鼠女王小心地從草叢中抬起頭來，害怕地問：「你肯定牠不會咬我們嗎？」

「我不會讓牠咬你們的。」錫人說，「你們用不著害怕。」

田鼠們一隻隻爬回來，一臉狐疑。托托確實沒有再吠叫，雖然牠還想從錫人的手臂中掙扎出來，牠很清楚他是用錫片做的，不然牠早就咬他了。最後，一隻最大的田鼠說話了。

「我們能做什麼事情，」牠說，「來報答你對我們女王的救命之恩呢？」

「我沒有什麼需要的。」錫人回答；但稻草人一直在動腦筋，可是因為他的腦袋裡塞滿了稻草，所以無法思考。他急忙說，「哦，對了，也許你們可以去救我們的朋友，膽小獅，牠正昏睡在罌粟花田裡。」

「一隻獅子！」女王大叫起來，「啊！牠會把我們都吃掉的。」

「哈，不會的。」稻草人滿臉肯定，「牠可是一隻膽小的獅子。」

「真的嗎？」一隻小田鼠問。

「牠自己就是這麼說的。」稻草人回答，「牠肯定不會傷害我們的朋友，要是你們救了牠，牠感激還來不及呢，我保證牠將對你們非常友好。」

「好吧，」田鼠女王算是答應了，「我們相信你。但我們應該怎麼做呢？」

「這裡有許多的田鼠，牠們都稱呼您為女王，都服從您的命令，是嗎？」

「是的，沒有錯，這裡有成千上萬隻田鼠。」

「那麼，請您盡快把牠們全部都召喚到這裡來，並且讓每隻田鼠都帶一根長繩子。」

田鼠女王轉身去命令她的僕從，要牠們立刻把她的臣民們都叫來，僕從們一聽到命令，立刻往四面八方飛奔而去。

「現在，」稻草人看向錫樵夫，「你要去河岸邊砍一些樹，做一輛可以載動獅子的大車子。」

錫人立刻趕到樹林中去，開始動手砍樹。他砍倒了一些樹，把枝葉和樹杈的部分全部削去，用木栓釘在一起，很快就把車架做好了。接著，他又用大樹幹做了四個輪子。

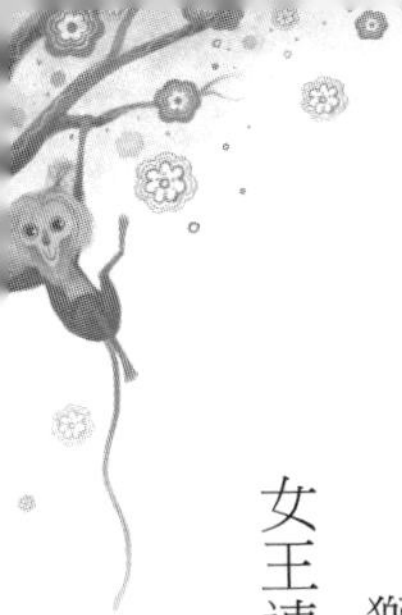

這一切他都進行得有條不紊，車子像樣極了，非常精巧。等田鼠們都趕來的時候，大車已經造好了，正等待著牠們。

成千上萬隻的田鼠從四面八方湧來，有大田鼠，小田鼠，還有一些不大不小的。每隻田鼠的嘴巴裡都銜著一根繩子。這時候，沉睡很久的桃樂絲醒了過來，她睜開眼睛，驚異地發現自己躺在草地上，無數隻田鼠圍在四周，膽怯地上下打量著她，她對眼前的景象困惑不解。還好稻草人把事情的經過都告訴了她，然後他轉身面對著威風凜凜的女王，說：

「請允許我把尊貴的女王介紹給妳。」

桃樂絲嚴肅地點了點頭，田鼠女王欠身行了個禮，然後她們很快就成了好朋友。

現在，稻草人和錫人用田鼠們帶來的繩子，把他們都連在大車上。繩子一端綁住田鼠的脖子，一端綁住車子。當然了，車子比任何一隻田鼠都要大一千倍，但是當所有的田鼠們都套上繩子之後，拉起來就一點也不費力氣了，連稻草人和錫樵夫也能夠坐在上面。這些奇特的「小馬」們，把車子迅速地拉到獅子躺著的地方。

獅子是個沉重的大傢伙，田鼠們費了九牛二虎之力，才把這大傢伙抬上了車。接著，女王連忙指揮她的手下們趕快拉車，因為她擔心在罌粟田裡待的時間一長，小田鼠們也會酣睡過去。

即便田鼠如此眾多，初時要拉動這輛沉重的車子也是相當困難的；但錫人和稻草人在後面使勁推著，田鼠們就輕鬆多了。小田鼠們很快就把沉重的獅子拉出罌粟地，將車子停在綠色的草地上。草地上的空氣清新，獅子終於不用再聞有毒的罌粟花香了。

桃樂絲來迎接大家，衷心地感謝田鼠們救了她的朋友。她很惦念這隻大獅子，她為牠脫離險境感到高興極了。

田鼠們從大車上解開繩子，三五成群地快速奔跑過綠草地，都回家了。田鼠女王最後一個離開。

「如果你們還用得著我們，」她說，「到田野中來召喚我們吧，我們就會聽見，來幫助你們的。再見啦！」

「再見！」朋友們齊聲回應。接著女王也離開了。桃樂絲馬上抱住托托，托托這個淘氣鬼，如果不管著牠，一定會追著女王去嚇唬她的。

然後，他們坐下來，一起等著獅子醒來。稻草人從附近的樹上摘了一些水果，讓桃樂絲做為晚餐吃。

Chapter 10 守門人

膽小獅待在有毒的罌粟花田裡的時間太長了，因此過了很久才醒過來。當牠睜開眼睛，滾下車來，發現自己還活著的時候，高興極了。

「當時我拚命往前跑，」獅子一邊說著，一邊坐在草地上打了個哈欠，看起來還沒有完全醒，「但是這些花香的毒性太厲害了。你們是怎麼把我給救出來的？」

於是大家告訴獅子，是一群小田鼠勇敢地把牠從死神的手中救了出來。

膽小獅哈哈大笑，說：「我一直以為自己是個可怕的大傢伙，沒想到連花那麼小的東西都差點要了我的命，而連田鼠這樣的小動物也能救我的命。這是多麼奇怪的事啊！朋友們，現在我們該怎麼辦？」

「我們必須繼續前進，直到找到黃磚路。」

桃樂絲說，「只有這樣我們才能去到翡翠城。」

等到獅子完全恢復過來，覺得精神抖擻了，大家便又一起動身上路。就這樣，他們重新踏上旅途，歡快地穿過清新柔軟的草地後，一會兒就找到了路，重新向著偉大巫師奧茲所在的翡翠城走去。

這段黃磚路倒是很光滑平坦，田野中的景色也變得美麗起來，小夥伴們都很慶幸，森林已經遠遠地被拋在身後了，連帶著在幽暗森林中的種種危險，也都消失了。他們看見路旁的柵欄漆成了綠色。走近一座小房子，房子也是綠色的，裡面住著一位農夫。一下午，他們路過了好幾座這樣的房子。人們跑到屋外來觀望，好像有一些疑問，但沒有一個人願意靠近他們，也沒有一個人和他們說話。其實是大獅子讓他們害怕。這裡的人們都穿著翡翠一樣漂亮的綠衣服，戴著尖頂的帽子，就像蠻支金人的帽子一樣。

「這裡一定就是奧茲國了。」桃樂絲說，「我們一定快到翡翠城了。」

「是啊。」稻草人接著說，「這裡什麼東西都是綠色的，就像蠻支金人喜歡藍色一樣。但是這裡的人似乎沒有蠻支金人那樣友好，恐怕我們會找不到地方過夜了。」

「我倒是想找點別的東西來吃，我們不能老吃水果啊。」小女孩說道，「我敢肯定托托都快餓壞了。等到了下一戶人家我們得停下來問問看。」

他們走到一處大農舍，桃樂絲就壯著膽子去敲門。

一個老婦人打開一條門縫向外張望，她問：「孩子，妳要做什麼？為什麼有一隻大獅子跟著妳？」

「如果您允許的話，我們想在您家過夜。」桃樂絲懇求道，「獅子是我的好朋友，牠不會傷害您的。」

「牠溫順嗎？」老婦人說著把門開得更大了一些。

「啊，是的。」小女孩回答，「別看牠塊頭大，其實是個膽小鬼，牠怕妳，比妳怕牠還厲害呢。」

「好吧。」老婦人想了想，又打量了一下獅子說：「那好吧，要真是這樣的話，你們就進來吧。我給你們準備些晚飯，再找個地方給你們睡覺。」

然後大家都進了屋子。這戶人家除了這位老婦人，還有一個男人和兩個小孩，那個男人的腿受了傷，躺在屋子角落裡的一張床上。他們看見家裡突然闖進來這麼奇怪的一夥人，都感到很驚訝。老婦人正忙著擺放餐具準備開飯時，那男人問：

「你們要到哪裡去？」

「翡翠城，」桃樂絲回答，「去拜訪偉大的奧茲。」

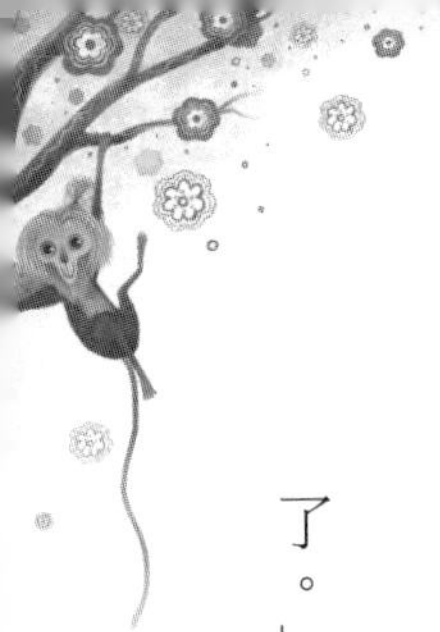

「哦，是嗎？」男人懷疑地高聲道，「你們確定奧茲會接見你們嗎？」

「為什麼不會呢？」桃樂絲天真地感到疑惑。

「啊，據說他從來不允許任何人接近他。我去過翡翠城好多次，那裡真是個美麗神奇的地方，但我從來沒有得到機會覲見偉大的奧茲，聽說從來沒有人見過他的真面目。」

「他從不出來嗎？」稻草人問。

「從不。他每天都待在王宮的覲見室裡，就連那些侍候他的人，也沒有面對面地見到過他。」

「他是什麼樣子呢？」小女孩問。

「那可難說了。」男人沉思著，「妳要知道，奧茲是一個偉大的巫師，他能隨心所欲地變幻成他想要的樣子。有人說他像一隻鳥，有人說他像一頭大象，有人說他像一隻貓。甚至還有人說，他像一個美麗的仙女，或者像一個小神童。沒有人形容得清楚。他想要變成什麼樣子，就能變成什麼樣子。但是真正的奧茲究竟是什麼樣子，沒有一個人說得出來。」

「真是太奇怪了，」桃樂絲說，「但我們必須想辦法見到他，否則這一趟就白跑了。」

「你們為什麼要去見可怕的奧茲呢？」男人問。

「我想請他給我一副頭腦。」稻草人急切地回答。

「這事可難不倒他。」男人一臉肯定地說，「他的大腦多得用不完。」

「我想請他給我一顆心。」錫樵夫說。

「一點也不用擔心，」男人接著說，「奧茲有許許多多的心，各種各樣，大大小小，什麼形狀的都有。」

「我想請他給我勇氣。」膽小獅說。

「奧茲的王宮裡有很多勇氣。」男人說得很輕鬆，「他用一只金盤子蓋著它們，怕它們跑掉。不要擔心，他肯定樂意送你一些勇氣的。」

「我想請求他送我回到堪薩斯。」桃樂絲最後說。

「堪薩斯在哪裡？」他驚訝地問。

「我不知道。」桃樂絲沮喪地回答，「但那裡是我的家鄉，我相信它一定存在於某個地方。」

「嗯，這不難。奧茲什麼都能做到的，我想他一定會把妳送回堪薩斯的。但是，妳一定要先想辦法見到他，這可不是一件容易的事，因為這個偉大的巫師不喜歡見任何人，他總是自己想怎樣就怎樣。那麼，你想要什麼呢？」他轉頭看向托托，托托只是搖了搖尾巴，奇怪的是，只有牠不會說話。

這時候，老婦人招呼他們說飯菜已經都做好了，於是大家圍桌而坐。桃樂絲吃了一些可口的燕麥粥，一碟炒雞蛋和一盤精緻的白麵包，津津有味，非常高興。獅子吃了一些粥，但是牠並不滿意，嘟嘟囔囔道，粥是燕麥做的，而燕麥是馬的食物，不是給獅子吃的。錫樵夫和稻草人什麼也沒有吃。托托則是每樣東西都吃了一點，總算吃到了一頓像樣的晚餐，牠還是挺高興的。

老婦人為桃樂絲準備了一張床睡覺，托托睡在她的旁邊，獅子在房門口守著，就沒人敢來打擾小女孩睡覺。稻草人和錫樵夫整夜默默待在一個角落裡，他們是不需要睡覺的。

第二天早晨，太陽剛剛升起來，一行人就上路了。不久他們就看見前面的天空上懸著一道綠色的光。

「那裡一定就是翡翠城了。」桃樂絲說。

他們往前走去，綠色的光愈來愈亮，看來他們終於到達要去的地方了。但是，就算是這樣，夥伴們也走到了下午，才到達那一堵高大的城牆前。城牆看起來又高又厚，上面塗著明亮的綠色。

他們前面就是黃磚路的盡頭，那是一扇大大的城門，大門上面鑲嵌著綠寶石，在陽光下耀眼極了，就連稻草人那雙畫出來的眼睛，也被刺得睜不開。

城門旁邊有一只鈴，桃樂絲按下按鈕，聽見裡面傳來一陣銀鈴般清脆的聲音。接下來，大門搖動著緩緩打開，他們一個接一個走進去，被眼前的景象驚呆了。這是一間有著高高的圓形拱頂的房間，四面牆壁上鑲著無數翡翠，閃閃發光。

一個與蠻支金人差不多高的小矮人站在他們面前。他從頭到腳都是綠色的，就連皮膚也是淺綠色的。在他的旁邊，放著一只綠色的大箱子。

這個小矮人看見了桃樂絲和她的朋友們，問道：「你們來翡翠城有什麼要緊事？」

「我們來拜訪偉大的奧茲。」桃樂絲回答。

這個小個子男人聽到她的回答非常驚訝，於是他坐下來好好考慮這件事。

「已經好多年沒有人來向我求見奧茲了。」他一邊說著一邊搖頭，大惑不解，「奧茲威力無窮，恐怖極了，如果你們是為了一點無聊或者愚蠢的小事來打擾他，他一氣之下會要了你們的命的。」

「我們不是為了無聊的事情來的，也不是為了愚蠢的事。」稻草人回答，「事情很重要，我們聽說奧茲是一個善良的巫師。」

「他的確是個好巫師。」綠色人說，「他英明地統治著翡翠城，但是對那些不誠實的人，或是因為好奇而來的人，他可是很可怕的。因此，從來沒有人敢請求去見他。我是看守城門的人，既然你們要見奧茲，我就帶你們進王宮去。但是，妳得先戴上眼鏡。」

「為什麼？」桃樂絲問。

「假如你們不戴眼鏡，就會被翡翠城刺目的光給弄瞎的。就算是住在翡翠城裡的人，也必須日夜都戴著它。眼鏡被鎖在箱子裡。在翡翠城剛剛建成的時候，奧茲就下了這個命令。我掌管著唯一的可以打開它們的鑰匙。」

他打開大箱子，桃樂絲看見裡面裝著各種各樣、大大小小的眼鏡，每一副眼鏡上都配有綠色的玻璃。這個守門人為桃樂絲找出了一副適合的眼鏡。眼鏡後面有兩條金鏈子，他把鏈子繫在桃樂絲的後腦勺上，用一把小鎖鎖住，鑰匙的末端，有一根鏈條，就掛在守門人的脖子上。這樣一來，戴上眼鏡的人就不能輕易把它摘下來了。桃樂絲雖然非常不情願，但還是照做了，她也害怕翡翠城的光會傷害自己的眼睛，所以她什麼也沒說。

接著，綠色人為稻草人、錫樵夫、獅子都戴上了眼鏡，甚至小狗托托也戴上了眼鏡，

而且都用小鎖鎖上了。

最後，守門人自己也戴上了眼鏡。他告訴他們，現在可以去王宮了。只見他從牆上的木釘上取下了一把很大的金鑰匙，打開了另一扇門。桃樂絲和她的小夥伴們緊緊跟著，穿過那扇門，就踏上了翡翠城的街道。

Chapter 11

奇妙的奧茲國翡翠城

儘管戴著綠色的眼鏡保護眼睛，桃樂絲和她的小夥伴們一開始還是被這座奇妙的翡翠城的光輝刺得睜不開眼睛。街道兩旁坐落著一排排美麗的房子，都是用綠色的大理石建造的，處處鑲嵌著發光的翡翠。他們走在一條同樣用綠色大理石鋪成的人行道上，一排排緊密鑲嵌的翡翠連接著每個街區，在陽光之下明亮閃爍。窗戶玻璃是綠色的，甚至城市上方的天空也是淡淡的綠色，光線投射到大地上，幻化成綠色。

翡翠城裡人來人往，男女老少都穿著綠色的衣服，皮膚也是綠的。他們都驚訝地看著桃樂絲和她這支奇怪的隊伍。孩子們一看見獅子，全都嚇得躲到母親的身後，沒有一個人敢上前來搭話。街道上有許多店鋪，桃樂絲看見店裡面每一樣東西都是綠色的，綠色糖果、綠色爆米花，還

有各種各樣的綠鞋子、綠帽子、綠衣服，眼花繚亂。在另一個地方，有人正賣著綠色的檸檬汽水，孩子們跑去買汽水，她看見他們手裡的錢也是綠色的。

這裡彷彿沒有馬，也沒有別的牲口，有人用綠色的兩輪小車子運貨，拉著車往前走。每個人的臉上都洋溢著快樂幸福的笑容。

守門人帶著他們穿過街巷，一直走到城中央的一座宏偉建築下面。這裡就是可怕的偉大巫師奧茲的王宮了。王宮的門前站著一名士兵，他身上是綠色的制服，還留著長長的綠鬍子。

「這裡有幾位客人，」守門人告訴士兵，「他們要求見偉大的奧茲。」

「進來吧，」士兵回答，「我將把你們的來意通報給他。」

他們走進了王宮的大門，被領到一個大房間裡面。屋子裡鋪著綠色的地毯，而且放著許多鑲嵌翡翠的可愛的綠色家具。等到每個人都在門墊上擦乾淨鞋底後，士兵允許大家進到房間裡。等他們入座後，士兵非常有禮貌地說：

「請先在這裡隨意休息下，我這就為你們去通報偉大的奧茲。」

小夥伴們等了很久，士兵才回來。桃樂絲著急地問：「你見到偉大的奧茲了嗎？」

「哦，沒有。」士兵回答，「我從來也沒有見過他。我是隔著屏風和他說話，把你們的口信帶給他的。他說，既然你們渴望見到他，他也願意見一見。但是你們必須一個一個地見，而且他每天只見一個。所以這樣的話，你們就要在王宮裡待上好多天了。我領你們去幾個房間，你們在長途跋涉後，可以休息得稍微舒服點。」

「謝謝你。」小女孩連連道謝，「奧茲真的是太好了。」

士兵吹響一只綠色的哨子，立刻就來了一位年輕女孩，她穿著一件漂亮的綠袍子，頭髮和眼睛也是精緻的綠色。她朝桃樂絲深深鞠了一躬，說道：「請跟我來，我帶妳去妳的房間。」

於是桃樂絲抱上托托，和朋友們說了再見，就跟著綠女孩穿過七條走廊，上了三層樓梯，來到了前宮的一個房間。這簡直是世界上最可愛的小房間了，一張柔軟舒服的床，床上面鋪著綠色絲綢床單，還有綠色天鵝絨床罩。在房間中央，有一個小小的噴泉，綠色的水花噴向空中，墜落在雕刻精美的綠色大理石的水盆裡。窗邊美麗的綠色花朵開放。房間裡還有一個書架，擺著許多綠色小書。當桃樂絲去翻看這些書時，發現裡面全是稀奇古怪的綠色圖畫，看得桃樂絲笑得不行，這些畫實在太有趣了。

在一座櫃子裡，有許多漂亮的衣服，都是絲綢和天鵝絨做的，桃樂絲穿上去非常合身。

「妳就把這裡當成自己的家，不用感到拘束。」綠女孩說，「如果有需要的話，可以按鈴。奧茲明天早上會召見妳。」

說完，綠女孩就把桃樂絲獨自留在房間裡，回去安排其他的小夥伴了。她把他們都領到各自的房間，大家都發現自己住的地方很舒服，很滿意。不過，即便住在這樣考究的地方，對稻草人來說也是用不上的，當他察覺到房間裡只有他一個人的時候，他就傻呆呆地在房間裡站了一夜，等待天明。他既不能躺下來休息，也沒辦法閉上眼睛，一整晚盯著角落裡的蜘蛛結網，好像在這個世界上，這還不算是最奇異的房間。錫樵夫倒是出於習慣，像擁有從前的身體一樣躺了下來，因為他想起了當初有血有肉的時候的情景。不過他也睡不著，不停地活動關節，這樣他的錫身體才能正常工作。獅子呢，牠寧願睡在森林裡的樹葉堆上，也不願被關在房間裡。但是牠很明事理，沒有為此而煩惱，所以獅子跳上床去，像貓一樣蜷起身體，一下子就呼嚕呼嚕地睡著了。

第二天早晨，用過早餐，綠女孩來叫桃樂絲，她從衣櫃裡拿出一件衣裳中最漂亮的綠綢衣，給她穿上。小女孩還穿上一條綠裙子，托托的脖子上也繫了一條綠絲帶，接著就朝偉大巫師奧茲的覲見室走去了。

起先他們來到了一個大廳，王宮裡的貴婦和紳士們都在那裡，穿著華貴的衣服。他們聚在一起說閒話，一副無所事事的樣子。他們每天早上都來這裡等待奧茲的召見，儘管從來沒有被允許去見奧茲。所以當桃樂絲被允許覲見奧茲時，他們一臉詫異，全都好奇地盯著她看，好像太陽打西邊出來了一般。有個人忍不住問：

「妳真的要去見可怕的奧茲嗎？」

「當然了，」小女孩毫不猶豫，「只要他願意見我。」

「哦，他是願意見妳。」那個為她傳話的士兵答道，「雖然他不喜歡人家見他。確實，起先他真的很生氣，而且命令我把你們送回去。再後來，他問我妳長什麼樣，當我說起妳腳上的銀鞋子，他好像興趣很大。後來，我又提到了妳額頭上的印記，他終於決定見妳了。」

就在說話時，鈴聲響了起來，綠女孩對桃樂絲說：「現在信號來了，妳必須一個人到覲見室裡去。」

她打開一個小門，桃樂絲壯著膽子走進去，她立刻就發現，這可是一個非常神奇的地方。一個圓形的大房間，很高的拱頂，四周的牆壁呀，天花板呀，還有地板，到處都鋪滿了翡翠，大塊大塊的，閃閃發亮。屋子中央，有一盞巨大無比的燈，它發射出來的光，就和太陽一樣明亮，那些綠色寶石被照得發出絢麗無比的光。

但房間中央那張巨大的大理石寶座，最令桃樂絲好奇。它的形狀就是一把椅子，和別的東西沒什麼不同，也鑲著寶石，閃亮極了。但奇怪的是，在椅子中央有一顆碩大的頭，既沒有身體支撐它，也沒有手腳。這顆頭上沒有頭髮，但長著鼻子、眼睛、嘴巴，它比最大的巨人的腦袋還要大。

正當桃樂絲帶著驚奇與恐懼地凝視這顆腦袋時，那傢伙的眼睛居然開始眨起來了，看起來很凶狠，用尖銳的目光注視著她，接著，它的嘴巴就開始說話了。桃樂絲聽見一個聲音說：

「我是奧茲，偉大的、可怕的奧茲。妳是誰？來找我做什麼？」

它的聲音聽起來倒沒那麼恐怖，小女孩頓時有了勇氣：

「我叫桃樂絲，弱小的、溫順的桃樂絲。我是來請求您的幫助的。」

那眼睛盯著桃樂絲看了好久，大概有足足一分鐘的樣子，它接著說：

「妳腳上的銀鞋子是怎麼來的？」

桃樂絲老實回答：「我的房子掉到地上，砸死了東方邪惡女巫，這雙鞋子是她的。」

「那麼，妳額頭上的印記又是怎麼來的？」那腦袋又問。

「北方的善良女巫知道我要來尋找您，她在道別時親吻了我，於是就有了這個印記。」小女孩接著說。

那雙眼睛非常尖利地注視著她，看出她說的是實話。然後，奧茲問她了：「妳想要求我什麼？」

「把我送回堪薩斯，我的亨利叔叔和愛姆嬸嬸都在那裡呢。」她誠懇地說道，「雖然您的國家很美麗，但我不喜歡這裡。我離開家太久了，嬸嬸肯定很著急。」

那雙眼睛眨了三下，接著朝上望了望天花板，又朝下看了看地板，它十分怪異地骨碌碌地轉動著，好像要看清楚這個房間的每個角落，最後又投射到了桃樂絲的身上。

「我為什麼要幫妳的忙？」奧茲問。

「因為您很強大，而我是弱者。因為您是一個偉大的巫師呀，而我只是一個孤苦無依的小女孩。」她回答。

「但是妳也很強大，妳能殺死惡毒的東方女巫，這又怎麼解釋呢？」奧茲問。

「那只是個巧合。」桃樂絲並不隱瞞，「我不是有意要殺死她。」

「嗯，」那顆腦袋沉思道，「妳可沒有權利要求我送妳回到堪薩斯，除非妳也為我做點事，作為報答。在這裡，每個人得到他想要的，都是要付出代價的。如果妳要我使用魔法送妳回家，那麼妳必須先為我做點事情。妳先幫助我，我才能幫助妳。」

「我需要做什麼呢？」小女孩問。

「殺死西方邪惡女巫。」奧茲回答。

「我怎麼可能辦得到呀?!」桃樂絲嚇了一跳，驚叫起來。

「妳殺死了東方邪惡女巫，還穿著這雙有魔力的銀鞋子。現在這片土地上，就剩下一個邪惡女巫了，只要什麼時候妳讓我相信她已經死了，我就送妳回堪薩斯州，但是在此之前，我不能夠送妳回家。」

桃樂絲失望地哭了起來。這時候那腦袋的眼睛又眨起來了，它充滿焦慮地看著小女孩。好像這位偉大的奧茲斷定，只要桃樂絲答應，她就能夠幫助他似的。

「我從來不願意殺死任何東西。」她抽泣著說道，「就算我願意，但我怎麼可能殺死那個邪惡女巫呢。要是連偉大的、令人害怕的奧茲都沒辦法殺死她，怎麼可能指望我去做這件事呢？」

「這個我可不管。」腦袋說，「這就是我的回答了。除非那個邪惡女巫死了，否則妳將再也看不到妳的叔叔嬸嬸。記住，那是個邪惡的、無比可怕的女巫，她應該被殺死。好了，現在妳走吧，沒有完成任務，就不要來見我了。」

桃樂絲傷心地離開了覲見室，回到獅子、錫樵夫和稻草人的身邊，他們都等著聽聽奧茲究竟對她說了些什麼。

「我是沒有希望了。」小女孩充滿了悲傷，「奧茲要我殺死西方邪惡女巫，否則他是不會送我回家的。那是我一輩子也辦不到的事啊。」

她的朋友們都為她難過，但大家都無能為力。於是桃樂絲回到她自己的房間，躺在床上繼續大哭，哭著哭著就睡著了。

第二天早晨，綠鬍子士兵來叫稻草人：

「跟我來吧，奧茲派我來叫你。」

稻草人跟著綠士兵，來到了覲見室。覲見室的寶座上，竟然坐著一位美麗的夫人。她穿著一件優雅的綠色薄紗裙，飄拂的綠色鬈髮上帶著一頂綠寶石王冠。她的肩膀上長著翅膀，色彩明亮，清風徐來，就會振翅而動。

稻草人紳士地向美麗的夫人鞠躬，盡力擺出一個優雅的姿態。她溫柔迷人的眼神注視著他：

「我是奧茲，偉大的、可怕的奧茲。你是誰？你要找我做什麼？」

稻草人本以為會見到桃樂絲說的那個巨大的腦袋，心下暗暗一驚，但他還是勇敢地回答道：「我只是一個稻草人，全身塞滿了稻草。我來找您，是想請求您在我的腦袋裡裝上一副頭腦，取代稻草。要是那樣的話，我就與您的臣民們一樣健全了。」

「但我為什麼要幫助你？」夫人問。

「因為您是聰明的、強大的，除了您，沒有人能幫得上我了。」稻草人懇求。

「我從來不把恩惠許給那些不付報酬的人，」奧茲說，「但這件事我很樂意答應你。要是你能為我殺死西方邪惡女巫，我就賞你一副頭腦。而且是很好的頭腦，它會令你變成整個奧茲國裡最聰明的人。」

稻草人很吃驚：「您不是已經命令桃樂絲去殺死她了嗎？」

「是的，我不管是誰殺死了她，反正只有等她死了，我才能滿足你的願望。否則，你永遠不可能得到一副頭腦。現在你走吧，直到你可以得到這個渴望的頭腦，否則不要來找我。」

稻草人傷心地回到了朋友們身邊，告訴了他們奧茲對他說的話。桃樂絲聽到這個偉大的巫師並不是她看見的那顆腦袋，而是一位美麗的夫人，感到非常詫異。

稻草人說：「她雖然是一位美麗的夫人，卻像錫樵夫一樣需要一顆心。」

第二天早晨，綠鬍子士兵來召喚錫樵夫覲見，他說：「跟我來，奧茲要見你。」

於是，錫樵夫跟著他到覲見室去。他想不出到底會看到一位貴婦人模樣的奧茲，還

是一顆腦袋模樣的奧茲。但他心想，要是能見到一位美麗的夫人就好了。「因為，」錫人自言自語，「假如奧茲是一顆腦袋，那我就得不到心了，一顆腦袋是不可能有心的。但那要是一位美麗的夫人，我就會苦苦哀求她給我一顆心，據說所有女人都有一副好心腸。」

但是，當錫人走進大覲見室，他看到的既不是一顆腦袋，也不是一位美麗的夫人，因為奧茲變成了一隻最最可怕的野獸。牠大得就跟一隻大象差不多，就連大理石的寶座也承受不了那重量。這隻野獸長著犀牛的頭，臉上有五隻眼睛，身上長著五隻長長的手臂，腿也是細長的五條，厚厚的羊毛似的毛覆蓋全身。這怪物可怕得超乎想像。幸好錫樵夫當時沒有心，要是有心，他一定會嚇得心臟亂跳的。但他是一個錫人呀，所以一點也沒有害怕的意思，這讓他自己覺得很失望。

「我是奧茲，可怕的、偉大的奧茲。」野獸的聲音簡直像是在嘶吼，「你是誰？你來找我做什麼？」

「我是一個樵夫，我的身體是錫做的，所以我沒有心。一個沒有心的人是不知道愛情的。我請求您給我一顆心，讓我能夠像其他人一樣。」

野獸問他：「為什麼我要幫你這個忙呢？」

「因為我相信只有偉大的奧茲，才能夠滿足我的願望。」錫人回答。

奧茲聽了低吼一聲，粗聲粗氣地說：「倘使你真的想要一顆心，就應該自己去爭取。」

錫人疑惑了：「我要怎麼做才能得到它呢？」

「你要去幫助桃樂絲一起殺死西方邪惡女巫，」野獸回答，「等她被殺死了，你們再來找我，到時候我會把全奧茲國最大、最仁慈、最能夠表達愛情的心給你。」

錫樵夫也非常難過，他回到了朋友們身邊，對他們說，他看見的是一頭可怕的野獸。偉大的巫師竟然能變成任何他想要的樣子，大家都覺得很驚訝。獅子說：

「假如我去見他的時候，他是一隻野獸，我就大聲吼叫，嚇得他馬上答應我的請求。要是他是一位美麗的夫人，我就假裝撲到她身上去，強迫她屈從於我的要求。如果他是個巨大的腦袋，也不用擔心，我要讓它在房間裡滾來滾去，任由擺布，直到它答應了我們所有人的要求。所以開心點，夥伴們，一切都會好起來的。」

第二天早晨，綠鬍子士兵又把獅子帶到覲見室，命令牠進去拜見奧茲。

獅子一下子躍進門，觀望四周，發現在寶座上的居然是一團巨大的火球，火光熊熊，照得牠根本睜不開眼睛。看到這幅景象，獅子第一個想到的就是奧茲被火球吞噬了。但

當牠想要走近這團火球時，那熱量差點燒焦了牠的鬃毛，牠只好顫抖著退回到了門邊。

這時候，火球開始說話了，它的聲音低沉：

「我是奧茲，可怕的、偉大的奧茲。你是誰?你要找我做什麼?」

獅子回答：「我是一隻膽小的獅子，見什麼都害怕。我到您這裡來，是希望您能賜予我勇氣，這樣我就能成為名副其實的百獸之王了，森林裡所有的動物都這麼稱呼我。」

奧茲問：「為什麼我要幫你這個忙呢?」

「因為在所有的巫師中，您是最最偉大的巫師，只有您能辦得到這件事。」

一下子，火球燃燒得更猛烈了。

「如果你能證明西方邪惡女巫死了，我就會給你勇氣。但只要那個女巫還活著，你就只能做一隻膽小的獅子。」

獅子憤怒極了，但找不到別的話可以反駁。牠站在那裡默默無語凝視著火球，火球愈來愈猛烈而灼熱了。最後獅子只好轉過身跑出了房間。牠發現朋友們都在外面等待牠，這才鬆了一口氣。牠對他們說起了見到可怕的奧茲的情形。

桃樂絲憂傷地問：「現在還有什麼辦法呢?」

「只有一個辦法。」獅子回答，「到溫基人的土地上，找到邪惡女巫，然後殺死她。」

「但是，如果我們鬥不過她呢？」小女孩擔心道。

「那麼，我將永遠沒法有勇氣了。」獅子很難過。

「我將永遠沒法有大腦了。」稻草人說。

「我將永遠不會有一顆心了。」錫樵夫接著說。

「我將永遠見不到亨利叔叔和愛姆嬸嬸了。」桃樂絲說著，哭了起來。

「當心！」綠女孩叫道，「眼淚掉在妳的綠綢衣上，會把它弄髒的。」

桃樂絲只好擦乾了眼淚，鼓足勇氣說：

「看來我們非試不可了，但我是不願意殺死任何人的，哪怕只是為了回到愛姆嬸嬸身邊。」

「我跟妳一起去，但是我的膽子太小了，我也不敢殺死那個女巫。」獅子說。

「算我一個吧。」稻草人說道，「不過我太笨了，幫不上什麼忙。」

「雖然她是一個邪惡女巫，但我也不想傷害她。」錫樵夫說，「但要是你們都去的話，我決定和你們一塊兒去。」

大夥兒決定第二天早上就出發。錫人在一塊綠色的磨刀石上，把他的斧頭磨得很鋒利，關節也全部都上了油。稻草人在他的身體裡填上新的稻草，桃樂絲為他重新畫了眼

睛，這樣他就能看得更清楚了。善良的綠女孩對他們非常友好，在籃子裡給他們裝滿好吃的，還給托托的脖子上繫了一條綠絲帶，絲帶上掛著一個鈴鐺。

這天小女孩和她的朋友們早早就上了床，一覺睡到了天亮。住在王宮後面的綠公雞喔喔的叫聲，和一隻下綠蛋的母雞的咯咯聲叫醒了他們。

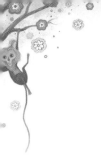

Chapter 12

尋找邪惡女巫

綠鬍子士兵帶領著大家，在翡翠城裡的街道上穿行，來到了守門人的住所。守門人打開了他們眼鏡上的鎖，把眼鏡放回了他的大箱子裡，接著非常禮貌地為他們打開城門。

桃樂絲問：「哪條路通向西方邪惡女巫住的地方呢？」

「根本沒有路。」守門人回答，「從來沒有人願意去那個地方。」

「那麼，我們怎樣才能找到她？」小女孩問。

「那還不容易？」守門人說，「只要邪惡女巫知道你們在溫基國，她自己就會來找你們的，把你們都變成她的奴隸。」

「那也不一定。」稻草人信誓旦旦，「我們是去殺死她的。」

「啊，這就是另一回事了。」守門人說，「在此之前，從來沒有一個人想去殺死她，所以我想當然地以為你們會成為她的奴隸，就像她對付其他人那樣。但是你們要小心了，邪惡女巫惡毒又凶狠，也許你們殺不死她。如果你們決意要去，那就朝著太陽落下的地方走，那裡就是西方了，你們一定能找到她的。」

桃樂絲和小夥伴們謝過守門人，然後和他告別，再轉向西方。他們穿過柔軟的草地，遍地是雛菊與毛茛。桃樂絲依然穿著王宮裡的那件綠綢衣，但她此刻驚訝地發現，衣服已經不是綠色的了，而是純白色。托托脖子上的綠絲帶也像桃樂絲的衣裳一樣，褪去了綠色，變成了白色。

翡翠城很快就被拋在了身後。一行人往前走，路面愈來愈崎嶇不平。在這西方的鄉野裡，既沒有農場也沒有人家，就連土地也是沒有耕種過的樣子。

到了下午，太陽晒得他們臉紅發燙，也沒有樹可以為他們遮蔭。天還沒黑呢，桃樂絲、托托和獅子走得很疲倦，躺在草地上，都睡著了。錫人和稻草人在旁邊守著他們。

那個西方邪惡女巫只有一隻眼睛，但她的眼睛厲害得就像一個望遠鏡一般，就算在很遠的地方也能看得清清楚楚，一個角落也不放過。這天，她坐在城堡門口，偶然四下張望，正巧看見小女孩桃樂絲正躺在草地上，身邊是她的朋友們。雖然他們離得很遠，

但邪惡女巫知道他們闖入了她的領地，非常生氣。於是她立刻吹響了掛在脖子上的一只銀哨子。

哨音剛落，凶猛的狼群從四面八方奔來，牠們的四肢修長，眼神凶惡，露出尖利的牙齒。

「快去！」邪惡女巫命令牠們，「去那裡把這群傢伙撕成碎片。」

「您不把他們變成您的奴隸了嗎？」狼群首領非常疑惑。

「不。」她回答，「一個錫人，一個稻草人，一個小女孩，還有一隻獅子，沒有一個能做事的，一點用處也沒有。去把他們撕成碎片。」

「遵命！」狼群首領剛說完，就領著狼群朝桃樂絲他們飛快撲了過去。

幸虧稻草人和錫人都不用睡覺，他們察覺到了周圍的動靜，警惕起來。

「這件事就交給我吧。」錫人說，「躲到我身後去，看我怎麼對付牠們。」

只見他揮起磨得非常鋒利的斧頭，狼群首領撲過來的剎那，錫樵夫的手臂一揮，立刻將牠的頭砍了下來，狼群首領一命嗚呼。另一隻狼接著撲上來，錫樵夫一斧頭砍去，牠也立刻倒在利刃下。總共四十多隻狼，前仆後繼，斧頭揮動四十多次，錫樵夫一斧頭砍死一隻，到最後，惡狼們紛紛敗倒，在錫人面前堆成了一堆。

錫樵夫放下斧頭，坐回稻草人身邊。稻草人說：「幹得好，朋友。」

第二天早晨，桃樂絲醒來一看，身邊躺著一大堆毛茸茸的狼屍，簡直要嚇壞了。錫樵夫把昨天發生的事情都告訴了她。小女孩非常感謝錫人救了大家。大夥坐在草地上吃早餐，吃完以後，他們又接著上路了。

這天早晨，邪惡女巫來到城堡門口，她那望遠鏡似的眼睛朝外看去，只見所有的狼都死了，而這幾個陌生人卻仍舊在她的國度裡前行。這使她更生氣了，吹了兩聲銀哨子。

立刻，就有一大群烏鴉飛到她面前，天空瞬間暗了下來。邪惡女巫對牠們說：「看見那群陌生人了嗎？火速飛過去啄瞎他們的眼睛，把他們撕成碎片。」

烏鴉們接受了任務，黑雲般地朝桃樂絲和她的小夥伴們飛去。小女孩看見這景象，嚇得不知怎麼辦才好。

這時稻草人說話了：「這次我來對付牠們，躺到我身邊來，牠們傷害不了你們。」

於是大家都躺了下來，只有稻草人站著，他張開雙臂，烏鴉們見了他非常害怕，就像牠們平時會害怕稻草人一樣，都不敢上前了。但是烏鴉王號令牠們：

「他不過是個稻草人，我把他的眼睛啄出來。」

烏鴉王朝稻草人飛去，稻草人一把抓住牠的頭，扭斷牠的脖子，結束了牠的性命。

另一隻烏鴉飛過來，稻草人也把牠的脖子扭斷了。總共四十隻烏鴉，稻草人扭斷了四十隻烏鴉的脖子，不一會兒，地上就躺滿了死烏鴉。這時候稻草人招呼朋友們起來，繼續踏上了旅程。

邪惡女巫又朝外張望，看見她的烏鴉們已疊成一堆，怒不可遏，拿起銀哨子吹了三聲。

天空中立刻傳來一陣嗡嗡的轟鳴，一群黑蜜蜂飛來報到。

「到那幾個陌生人那裡去，把他們螫死。」邪惡女巫惡毒地說。黑蜜蜂們聽到命令，立刻轉身飛去桃樂絲和她的朋友們趕路的地方。但是錫樵夫已經看到敵人來襲，稻草人也想好了對策。

他對錫人說：「把我身上的稻草拿出來，蓋在桃樂絲、托托和獅子的身上，黑蜜蜂鐵定螫不到他們。」錫人照他的話做了，桃樂絲抱著托托，和獅子靠在一起，躺在草地上，稻草把他們蓋得嚴嚴實實。

黑蜜蜂飛來，發現除了錫人以外，找不到其他可以攻擊的對象，於是牠們朝錫人飛去，反而被他的錫片弄斷了刺，而錫人則是毫髮無傷。蜜蜂們的刺一斷，自然也就活不成了，牠們的末日來了，錫人的四周落滿了黑蜜蜂，厚厚地好似一堆細粒煤。

桃樂絲和獅子站了起來，她幫助錫樵夫一起把稻草重新塞回稻草人的身體裡，使他恢復原樣。接著，他們又動身趕路了。

邪惡女巫非常憤怒，她看見她的黑蜜蜂們像細粒煤一樣堆成一堆，氣得直跺腳，咬牙切齒，連頭髮都扯亂了。於是她叫來了一群溫基奴隸，讓他們帶著尖銳的長矛，要他們到這群陌生人那裡，把他們統統殺掉。

溫基人並不勇敢，但他們不得不執行邪惡女巫的命令，於是像狼群、烏鴉和蜜蜂一樣，朝著桃樂絲他們衝去。但是，就當他們快要接近的時候，獅子上前大吼一聲，張牙舞爪地作勢撲上去，把這些溫基奴隸嚇得拔腿就跑，一會兒就不見了蹤影。

他們逃回城堡，被邪惡女巫用皮帶狠狠地抽打了一頓，又打發他們回去做苦工了。接著，邪惡女巫冷靜下來，仔細想了很久，為什麼這麼多辦法，都制服不了那幾個傢伙。但她可是個不好惹且法力高強的女巫，很快地她就想出一個惡毒的新計策來。

在她的櫃子裡有一頂金帽子，四周鑲嵌著鑽石和紅寶石。這頂金帽子有一種魔法，不論誰戴上它，都可以召喚三次飛天猴，飛天猴能服從任何命令，但是沒有一個人能夠召喚這些奇怪的動物超過三次。邪惡女巫已經使用過兩次這頂金帽子的魔法了，第一次是令溫基人變成她的奴隸，讓她來掌管他們的土地。第二次是她和偉大的奧茲較量時，把奧茲趕出了西方的領地，飛天猴們也曾經在這件事上幫助過她。現在，這頂帽子的力量她只能再使用一次，所以要到萬不得已的時候，她才願意使用它。現在，她那些嘍囉們都死了，惡狼呀，野烏鴉呀，還有黑蜜蜂們，膽小的奴隸也被獅子嚇跑了。她明白，看來要殺死桃樂絲和她的夥伴們，只有這個唯一的辦法了。

於是，邪惡女巫從櫃子裡拿出這頂金帽子，把它戴在頭上，然後用左腳站立，緩緩念出咒語：

「埃─普，派─普，開─羅！」

接著，她又換成用右腳站立，念道：

「希─羅，霍─羅，哈─羅！」

最後，她雙腳站立，大聲誦出：

「澤─西，左─西，澤─克！」

現在，魔法開始發揮作用了。天空一片漆黑，雲層裡傳來低沉的隆隆聲。許多翅膀好像潮水一樣湧來，嘰嘰喳喳聲與嬉鬧聲不絕於耳。這時候太陽開始從這一片黑暗裡透出來，照見了被一群猴子圍繞著的邪惡女巫，每隻猴子的肩膀上，都長著一對巨大而有力的翅膀。

其中有隻猴子要比其他的飛天猴大得多，那應該就是猴王了。牠飛到女巫面前，恭敬地問道：「這是您第三次也是最後一次召喚我們，您有什麼吩咐？」

「去把那幾個闖進我的領地的陌生人全都消滅掉，除了獅子，其他的一個也不要留下。」邪惡女巫說，「把那野獸帶到我的城堡來，我打算給牠套上輓具，讓牠像馬一樣為我工作。」

「遵命！」猴王答應。接著，這群飛天猴在嘰嘰喳喳和嘈雜聲中，飛到桃樂絲和她的朋友們趕路的地方去。

有幾隻猴子捉住了錫樵夫，從空中帶著他飛出國境，到了一個尖石遍布的地方，牠們把可憐的錫人扔了下去。他跌到很深的石谷裡，身體摔到凹陷變形，躺在那裡動彈不得，也不能呻吟。

還有幾隻猴子抓住了稻草人，用長臂把他衣服裡面和腦袋中的稻草全部拉了出來。牠們把他的帽子、靴子和衣服都紮成一個小包，扔到了一棵大樹頂端的枝葉上面。

其他猴子拋出結實的繩子綁住了獅子，在牠的身上、頭上、腿上繞了好多圈，獅子被困住了，牠既不能咬，也不能抓，完全無法動彈。然後，飛天猴們把獅子抬起來，飛到邪惡女巫的城堡，把牠關在一個四周圍著鐵柵欄的院子裡，牠就沒辦法逃走了。

但是，牠們根本沒有辦法傷害桃樂絲，她抱著托托站在原地，眼睜睜地看著同伴們遭遇悲慘的命運，心想著下一個就輪到她了。當猴王飛到她的面前，猙獰的臉上露出一排可怕的牙齒，準備伸出毛絨絨的長手抓住她時，牠看到了小女孩額頭上善良女巫留下的吻的印記。牠立刻就收回了手，而且示意其他猴子不要去冒犯她。

「我們不敢傷害這個小女孩，」牠對其他猴子說，「她是被善良女巫的吻保護的，善良的力量比邪惡的力量更強大，我們只能把她帶到邪惡女巫的城堡裡去，把她留在那裡。」

於是，牠們小心翼翼地、斯文地用手臂抬起桃樂絲，輕快地帶她穿過天空，飛回城堡，把她放在了門口的臺階上。

猴王對邪惡女巫說道：「妳的吩咐我們已經盡力而為，錫樵夫和稻草人都完蛋了，獅子也已經被困在妳的院子裡面。但是這個小女孩我們不敢傷害她，也不敢傷害她懷裡的狗，她是受到善良女巫保護的。現在，妳在我們身上的魔法已經使用完了，妳將再也見不到我們。」

話音剛落，這群飛天猴就嘻嘻哈哈、吵吵鬧鬧地飛上了天，一眨眼就沒了蹤影。

邪惡女巫這時才開始仔細觀察這個小女孩，她看見桃樂絲額頭上善良女巫留下的吻

印時，十分驚慌，別說那群飛天猴了，就連她自己也無論如何不敢動她一根寒毛。尤其是當她低頭看到桃樂絲腳上那雙銀鞋子時，更加吃驚，立刻害怕得哆嗦起來，她知道這雙鞋子暗藏著神奇而巨大的魔法。一開始，邪惡女巫簡直是想馬上就逃跑，但她看見了小女孩的眼睛，這雙眼睛是多麼美麗單純，靈魂非常乾淨，她根本不知道銀鞋子可以帶給她什麼樣神奇的魔力。邪惡女巫暗暗得意，她心想：「我照樣可以把她變成我的奴隸，這個小女孩根本不知道怎麼使用她的魔力。」於是她粗聲惡氣地對桃樂絲說：

「跟我來，妳要聽從我告訴妳的一切，要是妳忘了，或者做得令我不滿意，我就要了妳的命，就像我幹掉錫樵夫和稻草人一樣。」

桃樂絲跟著她穿過許多漂亮的房間，來到廚房。邪惡女巫命令桃樂絲洗乾淨鍋子和水壺，掃地，還要添加柴火。

桃樂絲乖乖聽話做事，決心盡可能地努力工作。因為她很慶幸邪惡女巫決定不殺她。

看見桃樂絲工作得很賣力，邪惡女巫到院子裡去，打算讓那隻凶猛的獅子像馬一樣為她工作。她確信，只要她想駕車時，就讓獅子拉著她的車到任何地方去，一定會讓她很開心。但是，她剛剛打開院子門，獅子就對她大吼一聲，凶猛地撲上來。邪惡女巫嚇得魂都沒了，連滾帶爬地跑出去，關上了院門。

「既然我不能夠給你套上轡繩，」邪惡女巫從門縫裡對獅子說，「我就把你餓死。你就別想吃東西了，除非你按照我的意思去做。」

在這之後，她真的不給獅子吃任何東西。但是她每天中午都要跑到獅子的門外問：「你願不願意像馬一樣為我工作？」

獅子每次都不鬆口：「我才不願意。要是妳敢走進這個院子，我就咬死妳。」

獅子當然沒有餓到那種地步。每天晚上，當邪惡女巫睡著之後，小女孩桃樂絲都會為牠帶來食物。獅子吃完之後，就躺在稻草床睡覺，桃樂絲會睡在牠身邊，頭枕在柔軟蓬鬆的鬃毛上。每天晚上都如此，他們傾訴著彼此的煩惱，商量著逃出去的辦法。但是他們發現沒有辦法逃出去，因為在這座城堡裡，到處都有黃色的溫基人守衛，他們是邪惡女巫的奴隸，非常害怕她，一點也不敢反抗她的命令。

白天的時候，桃樂絲不得不拚命工作，因為邪惡女巫恐嚇她，要用她總是拿在手裡的那把舊雨傘揍她。但其實她知道自己根本不敢打桃樂絲，因為她的額頭上有善良女巫留下來的印記。不過，桃樂絲不知道這個祕密，她很聽話地努力工作。有一次，邪惡女巫用舊雨傘打托托，托托就勇敢地去咬她的腿。但邪惡女巫並沒有因此流一滴血，她太邪惡了，所以她的血在許多年前就已經乾涸了。

小女孩現在的日子過得一點也不好，她漸漸意識到，要回到堪薩斯，回到愛姆嬸嬸的身邊，恐怕比以前更難了。一想到這裡，她就難過得可以哭上好幾個鐘頭。托托蹲在桃樂絲身邊，望著她的臉，也淒慘地嗚嗚地叫著，為桃樂絲的命運感到難過。托托其實不在乎到底是在堪薩斯還是在奧茲國，只要能陪在桃樂絲的身邊就好，但牠知道小女孩是一心想要回家去，這時牠也跟著難過起來。

現在，邪惡女巫又有了一個新的壞點子，她一心想要把桃樂絲腳上的那雙銀鞋子弄到手，據為己有。她的惡狼、烏鴉和黑蜜蜂們都躺在那裡，快晒乾了，她的金帽子的魔法也已經用完了。假如她能得到那雙銀鞋子，就能夠補償她失去的一切東西，並且擁有更強大的魔力。所以她時時刻刻都盯著桃樂絲，伺機在她脫鞋的時候，把她的銀鞋子偷走。但是小女孩實在太愛惜這雙銀鞋子了，除了晚上洗澡的時候，她都捨不得把它脫下來。邪惡女巫害怕黑暗，她不敢趁晚上桃樂絲睡著的時候去她的房間偷鞋子。她更害怕水，對於邪惡女巫來說，水比黑暗還要恐怖，小女孩洗澡的時候，她都要離得遠遠的，邪惡女巫從來不碰水，也不讓水碰到她。

但邪惡女巫非常狡猾，她窮盡腦汁想出了一個偷鞋的詭計。她在廚房中央的地板上

放了一根鐵棒，而且用魔法把它藏起來了，人類的眼睛無法察覺，所以桃樂絲進到廚房的時候，根本看不見那根鐵棒。因此她被絆倒了，直挺挺地倒下去，雖然沒有受傷，但是一只銀鞋子飛了出去，還沒等到她撿起來，邪惡女巫就把它搶過去，穿在自己瘦骨嶙峋的腳上。

詭計得逞，這下邪惡女巫高興壞了，就算只有一只鞋子，她也已經得到了一半的魔力。即便將來桃樂絲知道怎樣使用這雙鞋子，也未必能夠和她對抗。

小女孩發現丟了一只銀鞋子，非常生氣，她對女巫說：「快把鞋子還給我！」

「我才不還呢。」邪惡女巫得意地笑著，「現在這只鞋子歸我了，不是妳的。」

「妳這個壞傢伙！」桃樂絲急得大喊，「妳沒有權利搶走我的鞋子。」

「妳能拿我怎麼辦？」邪惡女巫哈哈大笑，「妳等著吧，總有一天，另外一只銀鞋子也會是我的。」

她的話可是刺激到小女孩了，她拎起身邊的一桶水，就往邪惡女巫的身上潑，邪惡女巫從頭到腳被淋了個透。

邪惡女巫立刻驚恐地大叫了一聲，在桃樂絲驚奇的目光下，邪惡女巫的身體開始愈縮愈小，逐漸化掉了。

「天哪！妳到底做了些什麼！」邪惡女巫尖聲高呼，「我馬上就要被溶化了。」

「真是太對不起了。」桃樂絲低頭默默地說，她一點也不敢看邪惡女巫現在的模樣，她正像一塊棕色的糖似的在她面前溶化掉。

「妳難道不知道水會要了我的命嗎?!」邪惡女巫顯然已在絕望之中。

「當然不知道了，」桃樂絲回答，「我怎麼可能知道呢。」

「呵，用不了幾分鐘我就會完全溶化。這座城堡就是妳的了。我這麼邪惡，做了這麼多壞事，沒想到竟然會被一個小女孩溶化掉，以此作為結束。妳可要小心——我走了！」

說完，邪惡女巫就摔倒在地板上，化成了一灘棕色的流動物體，在乾淨的地板上蔓延開來。桃樂絲看著她完全溶化了，又拎起一桶水，把髒地板沖洗乾淨，將髒東西清掃了出去。她撿起那只銀鞋子，這是邪惡女巫唯一留下來的東西，她用一塊布把它仔細擦乾淨，穿在了自己的腳上。現在，桃樂絲已經完全自由啦，她朝著關獅子的院子跑去，興奮地告訴牠西方邪惡女巫已經死了，他們再也不是這座城堡的囚犯了。

Chapter 13

援救夥伴

膽小獅聽說女巫被一桶水溶化得無影無蹤，高興極了。桃樂絲立刻打開監牢的門，放牠出來。他們一塊兒走進城堡，要做的第一件事就是召集所有的黃色溫基人，告訴他們，他們再也不是邪惡女巫的奴隸了。

黃色的溫基人發出了歡呼之聲，他們已經為邪惡女巫做了很多年的苦力，她對他們非常殘酷，常常虐待他們。現在他們終於獲得了自由，從此以後，就把這一天當作節日，每年的這一天就舉行盛大的宴會，跳舞狂歡。這一天成了他們永久的節日。

「要是我們的朋友，錫樵夫和稻草人還跟我們在一起，我會更高興。」獅子感傷地說道。

「你覺得我們沒辦法救他們了嗎？」桃樂絲聽到牠的感歎，也焦慮不已。

「不如我們試試看。」獅子說。

於是，他們叫來了黃色溫基人，問他們是不是願意幫忙去救他們的朋友。溫基人回答願意竭盡全力為桃樂絲效勞，因為是桃樂絲為他們帶來自由，把他們從邪惡女巫的手裡解救出來的。於是，桃樂絲挑選了一些看起來最有頭腦的溫基人，和他們一起出發去救錫樵夫和稻草人。他們走了一整天，直到第二天，終於來到了尖石遍布的地方，錫樵夫躺在那裡，渾身被撞得凹凸不平，許多地方都凹陷得很嚴重。他的那把斧頭橫在身邊，斧口都已經生鏽了，斧柄也斷了一截。

溫基人輕手輕腳地把他扶起來，再把他抬回到黃色的城堡。桃樂絲看見好朋友如今成了這副可憐模樣，難過得掉下了眼淚。獅子也顯得心情沉重且難過。

回到城堡後，桃樂絲對溫基人說：

「你們當中有錫匠嗎？」

「哦，有啊，我們有幾個手藝很不錯的錫匠呢。」溫基人回答說。

「能不能帶他們來見我？」桃樂絲開口請求。於是錫匠們帶著他們的籃子來了，裡面裝著所有的工具。小女孩問道：「你們可以把錫樵夫身上凹陷、凹凸不平的地方，平整拉直，恢復他原來的外形，然後把他身上已經脫裂的地方，再焊接上嗎？」

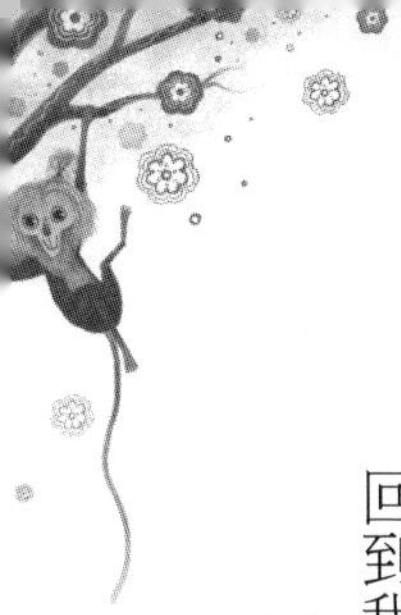

錫匠們仔細打量受了重傷的錫人，為他全身檢查了一遍，想了一會兒回答說，他們認為是能夠修理好的，而且像以前一樣完好。於是，他們就在城堡一間黃色的大房子裡開始動起手來，一連三天四夜，在錫樵夫的腿上、身上、頭上不停地錘擊、扭絞、壓彎、焊接、擦拭、敲敲打打，那些凹下去的地方恢復了平整的老樣子。他們又為他的所有關節都塗上了油，使他能夠像以前一樣活動自如。但是這下錫人身上打了好多補丁，錫匠們很聰明，他們把這些補丁做得非常漂亮。而且錫人不是個愛慕虛榮的人，他一點也不在乎那些補丁。

最後，重生的錫人走進了桃樂絲的房間，感謝她的救命之恩。他流下了高興的眼淚，桃樂絲趕緊用圍裙小心地將他的眼淚擦乾，生怕眼淚會使錫人的嘴巴生鏽。當然了，她一邊為錫人擦眼淚，一邊自己也因為和老朋友久別重逢而流下了眼淚，歡樂的眼淚是不需要拭去的。而獅子呢，牠不停地用尾巴尖擦眼淚，尾巴都弄濕了，於是只好走到院子裡，讓太陽把牠的尾巴晒乾。

桃樂絲把這段時間發生的一切都告訴了錫樵夫，錫樵夫感歎道：「要是稻草人也能回到我們身邊，我一定會更加開心。」

「我們一定要找到他。」小女孩信誓旦旦。

她再一次請求溫基人幫忙。他們走了一天，直到第二天，終於來到了當時飛天猴扔掉稻草人衣服的地方，衣服就掛在一棵大樹最高的樹枝上。

這棵大樹非常高大，以至於誰也沒辦法爬上去把稻草人的衣服取下來，但錫人立刻說：「我來把它砍倒，就能拿到稻草人的衣服了。」

錫匠們在修復錫人時，另外一些溫基人，他們是金匠，特意為他做了一把純金的手柄，牢牢地裝在錫人的斧頭上，用來代替那把斷掉的舊手柄。另外，他們還把斧口磨了又磨，把上面的鏽跡全部磨掉了，此刻斧頭發出了閃閃的銀光。

錫樵夫一說完，就立刻砍起樹來，不一會兒大樹就轟隆一聲倒地，稻草人的衣服也從樹枝上落下來，掉到了地上。

桃樂絲撿起衣服，讓溫基人把它帶回城堡，然後用最好的乾淨稻草填滿它的腦袋和身體。嘿，稻草人復活了，又變回他本來的樣子，他一再地感謝大家的救命之恩。

現在朋友們又聚到了一起，桃樂絲和她的朋友們在這座黃色的城堡裡度過了幾天愉快的日子，他們在那裡找到了能令他們感覺舒服的一切東西。

但有一天，桃樂絲想起了她的愛姆嬸嬸，她說：「我們要回去找奧茲，他必須兌現他的諾言。」

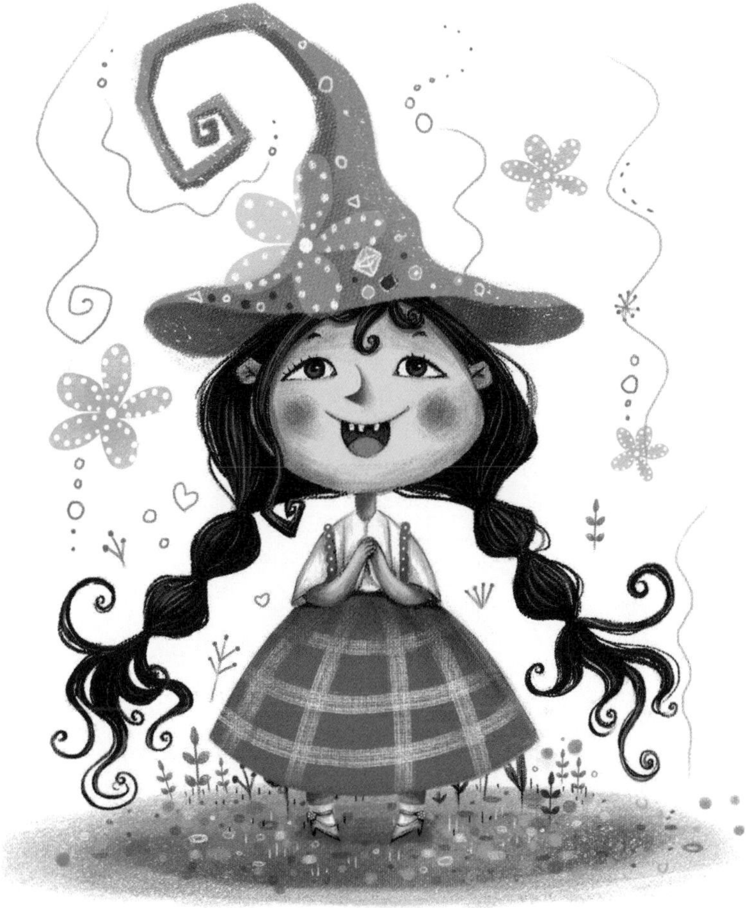

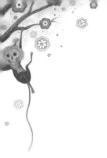

「是的。」錫人說，「我終於能得到一顆心了。」

「我能得到大腦了。」稻草人也很振奮。

「我將會得到勇氣。」獅子若有所思地說。

「我就可以回到堪薩斯去。」桃樂絲拍手歡呼，「那我們明天就出發吧，去翡翠城找奧茲，實現願望。」

他們就這樣決定了。第二天，他們召集了溫基人，向他們道別。溫基人聽說他們要離開，都非常捨不得，他們懇求錫樵夫留下來。黃色的溫基人很喜歡錫人，他們希望他留下來統治西方國度。但是看到他們的態度很堅決，溫基人就送給托托和膽小獅每人一個金項圈，送給桃樂絲一副鑲滿了鑽石的手鐲，送給了稻草人一根金頭手杖，這樣他走路就不會摔跤了。最後，送給錫樵夫一只銀油罐，上面嵌著許多金子和珍貴的寶石。

桃樂絲和她的小夥伴向溫基人說了一段動人的話，向他們真誠致謝，然後握手告別。大家依依不捨，把手臂都握得痠痛了。

出發之前，桃樂絲走到邪惡女巫的廚房裡，拿出食物裝滿了她的小籃子，做為旅程中的糧食，這時她發現了邪惡女巫的那頂金帽子。她試著把它戴在自己的頭上，發現大小剛剛好。小女孩並不知道這頂帽子是用來做什麼的，她只是覺得它很漂亮，就決定戴著它，然後把自己的闊邊遮陽帽放進了籃子裡。

做好一切準備後，他們就踏上了回翡翠城的道路。溫基人向他們歡呼三聲以示道別，並送上了許多美好的祝福。

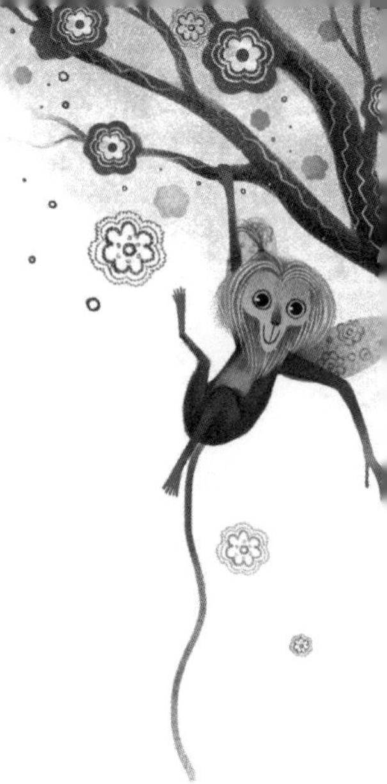

Chapter 14

飛天猴

也許你還記得，從翡翠城到邪惡女巫的城堡，是沒有路可走的，就連一條小路也無跡可尋，是桃樂絲和她的朋友們來找邪惡女巫時，被女巫發現，然後派飛天猴把她抓到城堡裡去的。要穿過遼闊得看不到邊的長滿了雛菊和毛莨的田野，找到回去的路，比被猴子們帶著飛行艱難多了。當然，大夥兒心裡清楚，必須朝著太陽升起的方向，筆直地朝東方走，才可以找到翡翠城，所以他們一開始走的路是正確的。但是一到正午，太陽跑到頭頂去了，誰也沒辦法分辨究竟哪裡是東方，哪裡是西方。就這樣，一行人在漫無邊際的荒野裡迷失了方向。但是不管怎麼樣，還是不能停下腳步，一直走到晚上，月亮已升上夜空，灑下銀色的光芒。稻草人和錫樵夫是用不著睡覺的，桃樂絲和托托，還有獅子都躺下來，在芬芳撲鼻的黃菊花叢裡睡得香甜，直到天亮。

第二天早晨，太陽躲到了雲層後面，但他們繼續往前走，似乎很確定應該走哪一條路。

「如果我們走得夠遠，」桃樂絲自信滿滿地說，「我們肯定會在什麼時候到達翡翠城的。」

但是日子一天又一天過去，小夥伴們仍舊在深紅色的田野上兜圈子，前面什麼也看不見。稻草人忍不住發起了牢騷。

「我們肯定是迷路了。」他說，「如果不能盡快找到去翡翠城的路，我就永遠得不到大腦了。」

「我也得不到我的心了。」錫樵夫跟著說，「看來我是沒有機會再見到奧茲了。你們必須承認，這可是一段漫長的旅程。」

「你們知道的，」膽小獅嗚咽地說，「我沒有勇氣一直在這片曠野裡打轉，什麼地方也去不了。」

桃樂絲似乎也失去了信心，垂頭喪氣，坐在綠色的草地上，呆呆地望著她的夥伴們。而朋友們呢，也坐下來看著桃樂絲，默不作聲。就連托托也覺得這是牠生平第一次感到很累，累到連頭頂上的一隻蝴蝶也沒有力氣去追。此刻，小狗吐著舌頭，氣喘吁吁地看著牠的主人，似乎在問她，接下來該怎麼辦。

「或許我們可以把田鼠叫來呀。」小女孩想了個辦法，「也許牠們能找到去翡翠城的路呢。」

「牠們一定可以的！」稻草人回應，「哎呀！我們剛才怎麼就沒想到呢。」

桃樂絲吹響了田鼠女王送給她的哨子，她一直把它掛在脖子上。不一會兒，她就聽見草叢裡傳來了窸窸窣窣的腳步聲，只見許多小灰鼠朝她跑來，田鼠女王被擁在牠們中間，她用尖細的嗓音叫道：

「嘿，親愛的朋友們，有什麼我能為你們效勞的？」

桃樂絲不好意思地回答：「我們迷路了。您能告訴我們翡翠城在哪裡嗎？」

「當然可以了。」女王回答，「但是那裡很遠呀，這些天你們一直在朝著相反的方向走，所以現在你們離翡翠城愈來愈遠了。」這時候，田鼠女王發現了桃樂絲頭上那頂金帽子，她連忙說道：「妳為什麼不使用這頂金帽子的魔力呢？它可以召喚飛天猴，飛天猴們會把你們帶到翡翠城的，這對牠們來說不費吹灰之力。沒多久你們就可以去翡翠城找奧茲了。」

「我不知道這頂帽子還有這樣的魔法啊。」桃樂絲頗為驚奇，「它究竟有什麼樣的魔法呀？」

「咒語就寫在這頂金帽子裡。」田鼠女王為桃樂絲解釋，「不過，妳要是把飛天猴叫來，我就得先行離開了，飛天猴很淘氣，牠們常常會惡作劇來捉弄我們。」

「那牠們會不會傷害我呀？」桃樂絲擔心。

「哦，不會的。牠們必須服從擁有這頂金帽子的人。我們要先走了，再見！」說完，她很快就跑不見了，所有的田鼠也急匆匆地跟在她的身後消失了。

桃樂絲這才仔細觀察起這頂金帽子來，只見帽子裡面的夾層上寫著一些字，這一定就是魔法的咒語了。小女孩認真地研究了一遍魔法的要領，然後把金帽子戴到了頭上。

「埃—普，派—普，開—羅！」桃樂絲左腳站立，喃喃自語。

「妳到底在說些什麼呀？」稻草人問，不清楚她在做什麼。

「希—羅，霍—羅，哈—羅！」小女孩繼續念道，這次是右腳站立。

「哈—囉！」錫樵夫以為她在打招呼，平靜地回應。

「澤—西，左—西，澤—克！」桃樂絲念道，這時候她雙腳站立。剛剛念完咒語，大家就聽到一陣歡快的吵嚷聲和翅膀拍動的聲音，一群飛天猴朝他們飛來。

猴王到桃樂絲跟前，朝她深深地鞠了一躬，問道：「您有什麼吩咐？」

「我們要到翡翠城去，」小女孩回答，「但是我們迷路了。」

「我們會帶你們去的。」猴王回答。剛剛說完，就有兩隻飛天猴扶起桃樂絲，讓她坐在牠們的手臂上，帶著小女孩開始飛了起來。其他的猴子呢，就抓住稻草人、錫人和獅子，有一隻飛天猴抓著托托飛去追趕他們，儘管托托一直扭動身軀掙扎地想咬牠。

錫樵夫和稻草人一開始都害怕極了，因為他們還記得，上回這些飛天猴可把他們折磨慘了，但是他們很快就發現，這次飛天猴沒有惡意，於是任由飛天猴帶領他們愉快地向前飛行，並好好地欣賞底下美麗的田園和樹林。

兩隻最大的猴子帶著桃樂絲，飛得很平穩，其中一隻就是猴王。牠們雙臂搭成一把椅子，讓小女孩坐在上面，小心翼翼，生怕弄疼了她。

「你們為什麼必須聽從這頂金帽子的召喚呢？」桃樂絲很疑惑。

「這說來話長，」猴王笑著說，「不過，我們的旅途長得很，要是妳想知道，我會慢慢告訴妳。」

「當然了，我很樂意聽你說。」小女孩回答說。

「從前，我們自由自在，快樂地生活在森林裡。」猴王開始講起這個故事，「在樹上飛過來飛過去，餓了就吃水果和堅果，高興做什麼就做什麼，誰也管不了我們。我們當中有許多傢伙喜歡鬧點惡作劇，比如去扯那些沒有翅膀的動物的尾巴，追逐小鳥，還喜歡扔堅果去捉弄那些到森林裡來的人。那時候我們無憂無慮，幸福得不得了，每一分鐘都充滿歡樂。不過，這是好多年前的事情了，比奧茲從雲端降臨，來統治這片土地，還要早許多年。

「那時在北方住著一位美麗公主，她也是一位法力高強的女巫。但是，和邪惡女巫不一樣，她把所有的魔法都用來幫助凡人，從來不傷害一個好人。這個善良女巫的名字叫蓋耶萊特，她住在一座巨大的用紅寶石砌成的漂亮王宮裡。雖然每個人都很愛她，但公主最大的煩惱是找不到可以愛的人。因為，所有愛慕她的男人都太醜陋、太蠢笨了，根本配不上這樣一位美麗聰明的女人。但最終，公主還是找到了一個英俊又勇敢的男孩子，而且他還聰明過人。蓋耶萊特暗暗打定主意，等到這個男孩長大，她就要嫁給他。就這樣，公主把男孩子帶進她的紅寶石宮殿，用自己所有的魔法把他變成世界上最完美的男人，健碩、善良、可愛。當這個名為奎拉拉的男孩長大成人後，人們都說他是這個國度裡，最俊美、最聰明的男人。奎拉拉身上強烈的男子氣概，令蓋耶萊特公主近乎痴迷，愛得瘋狂，於是她緊鑼密鼓地籌備婚禮。

「那時候，我的祖父還是飛天猴之王，我們的家族就住在紅寶石宮殿附近的森林裡。牠非常喜歡開玩笑，對牠來說開一個玩笑，比吃一頓大餐還要令牠高興。就在蓋耶萊特公主結婚那天，我的祖父帶著牠的手下們在外面飛行，看見奎拉拉正在河邊散步。他穿著華美的淡紅色絲綢和紫色的天鵝絨做的華麗衣服，我的祖父突發奇想，要看一看奎拉拉到底有多大的本事。於是命令牠的手下們去抓奎拉拉，帶著他飛到空中，一直飛到了河中央，撲通一下就把他扔到了河裡。

「『好傢伙，游吧。』我的祖父得意地嚇唬他，『看看河水弄髒了你的衣服沒有。』奎拉拉是如此地聰明，他怎麼可能不會游泳，而且他一點也沒有被他的好運氣慣壞。奎拉拉大笑著鑽出水面，游到岸邊。這時候蓋耶萊特公主出來了，發現她的新郎身上的絲綢與天鵝絨衣服都被河水弄髒了。

「公主雷霆大怒，她當然能猜到這場惡作劇是誰幹的。她把所有的飛天猴都召集到面前，先是說，她要把所有飛天猴的翅膀都綁起來，並且像牠們對待奎拉拉那樣來對付牠們，把牠們都扔到河裡去。我的祖父拚命求饒，牠知道要是大家被綁了翅膀扔進河裡，一定會淹死的。奎拉拉也於心不忍，便為飛天猴求情，最後蓋耶萊特才饒過了牠們。但是她有一個條件，飛天猴今後要為金帽子的主人效命三次。這頂金帽子是公主送給奎拉拉的結婚禮物，聽說這個禮物花費了公主半個王國的財富。我的祖父和所有的飛天猴立即答應了這個要求。不管誰是它的主人，我們都會聽從他的號令，當他的奴隸三次。」

桃樂絲全神貫注地聽著，她忍不住好奇地問道：「那麼接下來發生了什麼事呢？」

「奎拉拉是我們的第一個主人，」猴王回答，「也是第一個向我們提出要求的人。因為他的新娘不願意看見我們，他結婚後，就把我們都召集起來，命令我們住到森林裡，永遠別讓新娘看見一隻帶翅膀的猴子。我們當然都很樂意照辦，說實話，我們都很害怕這位公主。

「奎拉拉沒有再命令我們做別的事，這頂金帽子後來落到了西方邪惡女巫的手裡。邪惡女巫第一個要求就是，讓我們把溫基人都變成她的奴隸，第二件事就是把奧茲趕出了西方。第三次妳也知道了。現在這頂金帽子是妳的了，妳有權要求我們為妳做三件事。」

猴王說完了牠的故事。桃樂絲向下看去，翡翠城發光的城牆近在眼前。飛天猴的飛行速度讓她非常詫異，同時她也特別高興，才一會兒時間，就到達了她想要去的地方。飛天猴們溫柔地把桃樂絲和她的小夥伴們放在城門口，猴王向桃樂絲深深地鞠了一躬，然後帶著牠的手下迅速地飛走了。

「這是一次很棒的旅行！」小女孩說。

「是呀，真沒想到牠們這麼容易就解決了我們的麻煩。」獅子說，「幸虧妳戴著這頂神奇的金帽子。」

Chapter 15

可怕奧茲的真面目

四名旅人重新來到了翡翠城的大門前，摁響門鈴。一連摁了好幾下，仍舊是不久前遇見的那位守門人開的門。

「什麼！你們又回來了？」他驚訝地問。

「你不是都看見我們在這裡了嗎？」稻草人回答。

「我還以為你們到西方去見邪惡女巫了呢。」

「我們確實已經見過她了。」稻草人說。

「然後，她又放了你們？」守門人驚訝地問。

「她可管不了這麼多，她已經被溶化了。」稻草人解釋。

「哇！居然被溶化了，真是個好消息！是誰將她溶化了？」守門人問。

「是桃樂絲。」獅子嚴肅地告訴守門人。

「我的天哪！」他不禁大聲歡呼，然後走到桃樂絲跟前朝她深深地鞠躬。

接著，他把大家都領到從前的小房間裡，像以前一樣，從箱子裡拿出眼鏡，為桃樂絲和她的小夥伴們一一戴上，接著上了鎖。然後他們穿過城門，走進了翡翠城。從守門人的口中，人們都知道他們溶化了西方邪惡女巫，熱情地圍了上來，成群結隊地跟著他們走到奧茲的王宮去。

綠鬍子士兵仍舊守衛在宮殿前，他立刻就讓他們進去。在宮殿裡，大家又遇見了那個美麗的綠女孩，她也立刻帶領他們到之前各自的房間，讓大家都能得到很好的休息，等待偉大的奧茲的接見。

綠鬍子士兵把桃樂絲和她的小夥伴們溶化了西方邪惡女巫的消息告訴了奧茲，但奧茲什麼也沒有說。朋友們以為偉大巫師奧茲會立刻召見他們，但也沒有任何動靜。第二天，第三天，第四天，奧茲似乎根本就沒有要見他們的意思。夥伴們愈等愈生氣，實在是難以忍受了，他們開始埋怨奧茲讓他們吃盡苦頭，現在又冷漠地不予理會。最後，稻草人請綠女孩再向奧茲通報一次，告訴他如果他不立刻召見他們，就要召喚飛天猴來幫忙，看看他究竟會不會信守諾言了。偉大巫師奧茲一聽恐慌極了，馬上答應了第二天早上九點零四分在覲見室裡見他們。他曾經在西方的土地上被飛天猴們驅逐，所以他再也不願意見到這群搗蛋的傢伙了。

這四個小夥伴一晚上都沒有睡好覺，每個人都掛念著奧茲答應過他們的禮物，都激動得很。桃樂絲只睡了一下下，她夢見自己回到了堪薩斯，愛姆嬸嬸看見她回到了家，喜出望外。她說，真高興小侄女平安地回到了家裡。

第二天早晨九點剛到，綠鬍子士兵就來叫他們了，四分鐘後，他們走進了偉大的奧茲的覲見室。

當然了，他們每個人都以為這位偉大巫師會是自己上回見到的樣子，但是這次他們每個人都感到震驚，覲見室裡連個人影也沒有。夥伴們緊挨著彼此，擠在靠近門的地方不敢上前。覲見室裡寂靜空洞得有點可怕，比之前他們見到的奧茲的任何一個形象都令人毛骨悚然。

過一會兒，一個聲音在空中盤旋，好像是從高高的圓頂上傳來的。那聲音莊嚴地說：

「我是奧茲，偉大的、可怕的奧茲，你們來找我有什麼事？」

他們疑惑不解，目光掃遍了覲見室裡的每個角落，依然沒有找到奧茲的蹤影。桃樂絲忍不住問：「你在哪裡？」

「我無所不在。」那聲音回答，「凡人的眼睛是找不到我的，現在你們可以跟我說話了，我就坐在這張寶座上。」這聲音似乎真的從寶座的方向傳來。於是小夥伴們走到寶座前，恭敬地站成了一排。桃樂絲先開口了：

「我們來找你兌現你的承諾，奧茲。」

「什麼承諾？」奧茲問。

「你承諾了只要我殺死西方邪惡女巫，你就送我回家的。」小女孩說。

「你答應了要給我一副頭腦。」稻草人說。

「你答應給我一顆心。」錫樵夫說。

「你答應要給我勇氣。」膽小獅說。

「邪惡女巫真的完蛋了嗎？」奧茲的聲音傳來，他的聲音在顫抖。

「是的。」桃樂絲鎮定地回答，「我用一桶水把她給溶化了。」

「天哪！簡直是太令人意外了。」那聲音說，「好吧，明天你們再來，給我點時間，讓我好好想一想。」

「我們已經給了你足夠的時間。」錫樵夫生氣地說。

「我們一天也不能再等下去了。」稻草人說。

「你必須信守諾言！」桃樂絲大喊道。

獅子心想不妨嚇一嚇這位傳說中偉大的巫師，逼迫他趕緊實現大家的願望，於是牠使盡全力地大吼一聲。這一聲出其不意的大吼可把托托嚇壞了，這凶猛可怕的叫聲嚇得牠跳撞到牆角的屏風上，屏風嘩啦一下倒在了地上。大家循聲望去，一個個都震驚了。屏風後面站著一個又矮又老又醜的老頭，一顆光禿禿的腦袋，一張滿是皺紋的臉。這個老頭顯然也和他們一樣，目瞪口呆，站在那裡不知道怎麼辦才好。錫樵夫舉起他的斧頭，衝向這個矮小的老頭，大喊：「你是誰？」

「我是奧茲，偉大的、可怕的奧茲。」小老頭嚇得聲音顫抖，「請不要打我，你們說什麼我都答應。」

大家你看看我，我看看你，誰也沒想到情況是這樣。

「我以為奧茲是一個巨大的腦袋呢。」桃樂絲說。

「我以為奧茲是一位美麗的夫人。」稻草人說。

「我以為奧茲是一頭可怕的野獸。」錫樵夫說。

「我以為奧茲是一團熾熱的火球。」獅子驚叫道。

「不，你們都錯了。」小老頭溫順地說，「那些都是我假裝的。」

「假裝的！」桃樂絲驚訝得瞪大了眼睛，「你不是傳說中的偉大巫師嗎？」

「哦，親愛的，小聲點。」他說，「別大聲嚷嚷，要是被人家聽見，那我可就完蛋了。所有人都以為我是偉大的、可怕的奧茲。」

「你根本就不是傳說中的偉大巫師，對嗎？」桃樂絲問。

「是的，親愛的小傢伙，我只是一個普通人。」

「你連一個普通人也比不上。」稻草人悲傷地說，「你不過就是一個騙子。」

「對，你說得一點也沒錯。」老頭不停地搓著他的手，好像這樣就能不緊張了似的，「我的確是個騙子。」

「哦，太可怕了。果真如此，我要怎樣才能得到我的那顆心呢？」錫樵夫非常沮喪。

「還有我的勇氣呢？」獅子問。

「還有我的大腦呢？」稻草人哭著說，一邊用衣袖擦去眼淚。

「請你們不要再提這些小事了，親愛的朋友們，請為我想想吧，偉大的奧茲被揭穿這件事才是最可怕的。」奧茲說。

「難道沒有人知道你是騙子嗎？」桃樂絲問。

「沒有一個人知道，除了你們四個人，當然也包括我自己。」奧茲回答說，「我瞞

了大家這麼長時間，還以為永遠不會被人發現呢。當初我真不該讓你們到我的覲見室來。一般來講，這些臣民們根本是見不到我的，所以他們一直覺得我是一個可怕的人。」

「可是，我不明白，」桃樂絲不解地問，「你出現在我面前的時候，怎麼會是一個巨大的腦袋呢？」

「那是我變的一個魔術罷了。」奧茲回答，「到這裡來，我把一切都告訴你們。」

他領著他們來到覲見室裡的一個小房間。奧茲的手指向一個角落，那裡放著一顆巨大的腦袋，它是用許多厚紙板做成的，腦袋上面畫著一張精緻的臉。

「我用一根繩子把它從天花板上吊下來。」奧茲說，「然後呢，我坐在屏風後面，操縱著一根細線，這根細線就可以讓眼睛眨動，讓嘴巴說話。」

「但是，那聲音又是怎麼回事呢？」桃樂絲問奧茲。

「我是個腹語師。我能隨心所欲地在任何地方發出聲音，所以妳會以為它是從這個巨大的腦袋裡發出的。瞧，這裡還有一些另外的道具，也是我拿來欺騙你們的。」說著他給稻草人看了他裝扮美麗的夫人用的衣服和面具，給錫樵夫看了他裝扮可怕的怪獸用的東西，其實就是把一堆毛皮縫起來，披到身上去，然後用一些木條將它四面撐開而已。至於那個火球，就更不值得一提了，其實是一團棉花球，從天花板上吊下來，澆上汽油後便熊熊燃燒起來。

「真的，你這個大騙子，」稻草人見到奧茲的把戲一一暴露眼前，生氣極了，「應該為自己感到羞恥。」

「是啊，我當然感到很羞愧。」小老頭覺得很慚愧，「但是我也是不得已呀。請坐吧，這裡的椅子很多。我會把我的經歷一五一十地告訴你們的。」

於是，大家坐下來，開始聽奧茲講述他的故事：

「我出生在奧馬哈——」

「呀，那裡離我的故鄉堪薩斯不遠。」桃樂絲叫起來。

「是不遠，但是離這裡很遠啊。」他看著桃樂絲，悲傷地搖頭，「我長大以後，受到一位大師的訓練，成為了一個腹語師。我能夠模仿任何一種鳥兒或者野獸的叫聲。」說到這裡他喵喵地學了幾聲貓叫，小狗托托立刻豎起了耳朵，張望著尋找聲音的來源。「過了一段時間，」奧茲接著他的講述，「我開始對腹語不感興趣，便改行去做熱氣球駕駛員。」

「熱氣球？那是什麼？」桃樂絲問。

「就是在馬戲團表演的日子，我要乘著熱氣球升到空中，許多人會被氣球吸引，他們會聚攏來，買票看我們的馬戲節目。」奧茲解釋。

「哦，原來如此。」桃樂絲說。

「有一天，我坐著熱氣球升到空中去，但麻煩的是，繩子都纏在了一起，被絞斷了。氣球飛到很高很高的地方，浮在雲層上，一股氣流將它吹到了更遠的地方去。我在空中飛了一天一夜，第二天早晨醒過來的時候，發現熱氣球漂浮在一片奇幻又美麗的土地上空。

「氣球緩緩降落到地面上，我一點也沒有受傷。但是，我發現自己正置身於一群奇怪的人中間，他們覺得我是從雲端降落的，一定就是個偉大的巫師了。我也沒有否認，我很樂意他們能這麼認為，所以沒有告訴他們我的真實身分。他們都很敬畏我，不管我要他們做什麼事情，他們都答應去做。

「為了找點消遣，也為了這些善良的人有事情做，便命令他們建造了這座城市，還有這座宮殿。我吩咐下去的任何一件事，他們都會照辦，每個人都很怕我。他們心甘情願地賣力工作，做得又快又好。於是我想，既然這片田野如此碧綠美麗，就叫它翡翠城好了。為了讓這個名字更加理所當然，我下令讓所有的人戴上綠色的眼鏡，因此在他們眼裡，所有的事物都變成了神奇的綠色。」

「可是，這裡的每一樣東西不都是綠色的嗎？」桃樂絲質疑。

「哦，不會比其他的城市更綠的。」奧茲回答，「但是當你們戴上綠眼鏡，在你們看來，當然每一種東西都是綠色了。翡翠城是許多年以前建成的，當年熱氣球把我帶到這裡的時候，我還是個年輕人呢。現在我已經老啦。但是這麼多年，我的臣民們始終戴著綠色的眼鏡，他們還一直以為這是個真正的翡翠城呢。他們深深相信，這是個美麗的地方，有許多珠寶和貴重的金屬，還有各種能夠帶來幸福的美好事物，使得人人都很快樂。我對我的臣民們很好，他們也都很喜歡我，但是自從這座宮殿造好之後，我就把自己關在裡面，這樣誰也看不到我了。

「我最害怕那些邪惡女巫了，因為那時候，我根本沒什麼魔法，而且我很快就發現，那些女巫真的能施展出神奇的本領。這一帶一共有四個女巫，她們分別統治著東西南北四個方向的百姓。幸運的是，在南方和北方住著兩個善良女巫，我知道她們不會傷害我。但是住在東方和西方的邪惡女巫就不同了，她們非常邪惡，一旦知道我的法力不如她們，一定會來殺死我的。說實在的，這麼多年來，我一直是戰戰兢兢地生活著。直到有一天聽說妳的房子從天上掉下來，砸死了東方邪惡女巫，妳知道我是多麼高興啊。所以，當你們來到這裡見我的時候，我是真心地願意答應你們的任何要求，只要你們替我

把西方的邪惡女巫也殺死。但是現在，你們已經把她溶化了，我卻不知道該怎麼兌現我的承諾，真是非常慚愧啊。」

「我看你就是一個十足的壞蛋！」桃樂絲氣憤地說。

「哦，不是的，我不是一個壞蛋，親愛的，我可是一個大好人啊。但是我必須承認，我是一個蹩腳的魔法師。」

「你沒辦法給我一副頭腦了嗎？」稻草人問。

「你用不著頭腦呀。你每天都可以學習到新的東西。一個剛出生的嬰兒有大腦，但他什麼也不懂。只有經驗才能帶來新的東西，你在這個世界上活得愈久，獲得的經驗也會愈多。」

「這話說得也許沒錯，」稻草人不滿意，「但除非你給我一副我想要的頭腦，否則我會很不開心。」

這個被揭穿的巫師上上下下，仔細打量了他一番。

「好吧。」他歎了一口氣，說道：「雖然你知道了我不是一個真正的巫師，但你明天早晨過來，我會給你一副頭腦。小傢伙，我沒辦法告訴你怎麼去使用它，你要自己去學習怎麼運用它。」

「啊，謝謝你，謝謝你！」稻草人非常激動，「別擔心，我一定能學會怎麼使用它。」

「那麼，我要的勇氣呢？」獅子焦急地問。

「我相信你有足夠的勇氣，」奧茲回答他，「你只是沒有足夠的自信罷了。面臨危險的時候誰都會害怕的，真正的勇氣在於，儘管害怕，仍然要面對它。這樣的勇氣你有的是。」

「話是這麼說，但我仍然覺得很害怕。」獅子要求奧茲，「如果你不給我可以忘記害怕的勇氣，我會非常不開心的。」

奧茲只好回答：「那好吧，明天我會給你這樣的勇氣。」

「既然如此，我的心呢？」錫樵夫問。

「哦，這個嘛，」奧茲想了一想，「我想你並不需要一顆心，一顆心會使很多人不幸福。你要知道，沒有一顆心恰恰是你的運氣呢。」

「那不過是別人的說法而已。」錫樵夫說，「我覺得擁有一顆心，比什麼都重要。如果你願意給我一顆心，我會毫無怨言地承擔一切它所帶來的不幸。」

「好吧。」奧茲勉為其難地答應了，「明天你來見我，我將會給你一顆心。既然扮演了這麼多年的巫師，再扮一次也無妨了。」

「那麼，我要怎樣才能回到堪薩斯州去呢？」桃樂絲問。

「哦，這可要動一番腦筋了。」小老頭回答說，「妳給我兩三天時間考慮，我要想個辦法讓妳可以穿越那片沙漠。在此期間，你們就是我尊貴的客人，住在我的王宮裡，你們會得到我的僕人們全心全意的照顧。不管你們有什麼吩咐，他們都會一一照辦。但是有一件事我要請求你們，那就是，作為對我的報答，一定要為我的身分保密，不要告訴任何人我是一個騙子。」

大家一致答應不將他們剛剛發現的祕密洩露出去，高高興興地回到了各自的房間。就連桃樂絲也滿心希望那個可怕的、偉大的騙子奧茲能想出一個好辦法，把她送回日思夜想的故鄉——堪薩斯去。要是他真的辦到了這件事，她就願意原諒他所做的一切。

Chapter 16

大騙子的魔術

第二天早晨，稻草人對他的朋友們說：

「恭喜我吧。我要到奧茲那裡去，期待了這麼久，現在終於能得到一副頭腦了。等著吧，我回來的時候，就會變得和其他人一樣了。」

「我一直都喜歡你原來的樣子。」桃樂絲真誠地告訴稻草人。

「那是妳心地好，才會喜歡一個稻草人。」他說，「不過，等妳聽到這個新大腦想出來絕妙的主意時，妳一定會更喜歡我的。那是一定的。」

說完稻草人興高采烈地和他的夥伴們說了再見。他來到覲見室門前，敲了敲門。

「進來。」奧茲說。

稻草人走進覲見室，只見這個小老頭坐在他的寶座上，正在沉思著什麼。

「我來裝我的大腦了。」稻草人有一點緊張

不安。

「哦，我知道，請你先坐在這把椅子上。」奧茲說，「你要原諒我先把你的腦袋取下來，我不得不這麼做，只有這樣我才能把腦子裝在你腦袋裡合適的地方。」

「沒問題，」稻草人說，「只要你能為我裝上一副比從前更好的頭腦。」

於是，巫師摘下了稻草人的頭，他把裡面的稻草全都抽了出來。接著，他跑到後面的小屋子裡去，拿出一升的麩皮和釘與針混在一起，攪拌均勻，然後把這些混合物都灌進稻草人的腦袋裡，再用稻草填滿空隙，使它膨脹起來。

奧茲把稻草人的頭重新固定在他的身體上後，對他說：

「從今天開始，你就是個大人物了，因為我給了你一副嶄新的頭腦。」

稻草人終於夢想成真了，他又驕傲又快活，感到自己煥然一新。他熱切地感謝奧茲的幫助，重新回到了他的朋友們身邊。

桃樂絲好奇地注視著這個重生的稻草人，因為擁有了新大腦，他的頭較之前隆起和突出了好多。

「你感覺如何？」小女孩問他。

「我真的覺得自己變聰明了。」稻草人一本正經地回答，「等我適應了我的新頭腦

後，我就能無所不知了。」

「為什麼有這麼多針從你的腦袋上冒出來呢？」錫樵夫問。

「那證明他的腦子很敏銳。」獅子立刻得出了答案。

「哦，看來我得找奧茲去要我的心了。」錫人說道。於是他來到了覲見室門前，敲了敲門。

「進來。」奧茲叫他。錫人走進覲見室後，說：「我來要我的心了。」

「好的，」奧茲說，「不過我要在你的胸口上開一個小洞，這樣我才能把一顆心放到合適的地方，但願不會弄痛你。」

「不會的，」錫人回答，「我根本不會感到疼痛。」

於是，奧茲拿出一把錫匠使用的大剪刀，在錫樵夫的左邊胸口剪開一個正方形的小洞。隨後，他從抽屜裡拿出一顆漂亮的綢布縫成的心，裡面塞滿了鋸末。

「你覺得這顆心漂亮嗎？」奧茲問。

「哇哦，真漂亮！」錫人高興極了，但又有個疑問，「這是一顆善良的心嗎？」

「是的，非常善良。」奧茲告訴他。然後他把心放進錫人的胸口，又為他把剪下來的那塊鐵皮整齊地補上去。

「好了，」奧茲說，「現在你有一顆任何人都會感到自豪的心了。我非常抱歉，在你的胸前打上了補丁，但實在是沒有辦法。」

「我一點也不介意有個小補丁。太感激你了，我會永遠記得你的好心的。」快樂的錫樵夫高聲說。

「別這麼客氣。」奧茲回答。

於是錫樵夫回到了他的朋友身邊，大家圍著他紛紛送上祝福，覺得他真是太好運了，實現了自己長久以來的願望。

接下來輪到獅子去找奧茲了，他走到覲見室，敲了敲門。

「進來吧。」奧茲說。

「我是來要我的勇氣的。」獅子走進房間後宣稱。

「好的，」小老頭回答，「我會滿足你的願望的。」

說著他走到一個櫃子前，從最高的架子上，拿出了一個方形的綠瓶子，然後把裡面的藥水倒在一只精緻的金綠色雕花碟子裡。小老頭把碟子放到獅子的跟前，膽小獅上前聞了聞，看起來並不喜歡。巫師說：

「把它喝了。」

「這是什麼呀？」獅子問。

「喝下它，它就會成為你的勇氣。」奧茲回答，「你知道，勇氣總是在我們的身體裡面，它是一種液體。所以在你喝下它之前，這玩意兒還不能叫做勇氣。所以，我建議你最好盡快喝下它。」

獅子聽了這話，不再猶豫，牠把碟子裡的藥水喝了個精光。

「現在你感覺怎樣？」奧茲問。

「充滿了勇氣！」獅子回答。牠高興地回到了夥伴們身邊，分享自己終於擁有了勇氣。

奧茲此刻坐在自己的覲見室裡，想到自己圓滿地滿足了稻草人、錫樵夫，還有獅子的心願，不由得暗自發笑。他自言自語：「那些傢伙淨讓我做一些凡人做不到的事，我怎麼能不變成一個騙子呢？要滿足稻草人、錫人和獅子的要求，當然不難啦。他們好像覺得我是無所不能的。然而，要送桃樂絲回到堪薩斯可就要動一番腦筋了。現在我也沒想出來到底該怎麼辦呢。」

Chapter 17

氣球飛上天

三天過去了，桃樂絲沒有收到奧茲的任何消息。雖然她的朋友們都為自己實現了願望而高興滿足，但小女孩卻始終愁眉不展，憂心忡忡。稻草人告訴大家，他的腦袋裡裝滿了許多奇妙的想法，但是他說不出來是什麼，因為除了他自己沒有人會明白的。當錫樵夫四處走動的時候，感覺得到自己的心臟在胸腔裡怦怦跳。他對桃樂絲說，他發現這顆心臟比他是人類身體的時候更加善良、更加溫柔。獅子宣稱，牠現在已經不害怕這世界上的任何東西了，而且很樂意迎戰一支手握武器的軍隊，或是十幾隻凶猛的卡力達。

在這些朋友們當中，除了桃樂絲，每個人的願望都實現了，現在，她比以前更渴望回到堪薩斯去了。

到了第四天，奧茲終於派人來傳喚她了，小

女孩欣喜若狂。當她走進覲見室的時候，奧茲笑迷迷地告訴她：「哦，親愛的孩子，坐下吧，我想我已經找到了帶妳離開這裡的辦法了。」

「是帶我回到堪薩斯嗎？」她迫切地問。

「嗯，我不知道有沒有十足的把握，」奧茲說，「因為我一點也不知道堪薩斯究竟在什麼地方。我們首先要做的事就是越過沙漠，這樣要找到妳的家就容易了。」

「那麼，我要怎樣才能穿越這片沙漠呢？」桃樂絲問。

「來，我把我的點子告訴妳。」小老頭說，「妳知道，我到這個地方的時候，是乘著氣球來的。而妳呢，也是被一陣龍捲風從空中吹來的。所以我認為最好的辦法，就是從空中飛走。但我可沒有法力製造一場龍捲風，我仔細地考慮過這件事，我想我們可以做一顆熱氣球。」

「怎麼做？」桃樂絲問。

「用綢布做氣球。」奧茲說，「塗上膠水，氣就不會跑出來。在我的宮殿裡，有足夠的綢布，做一顆氣球是毫無問題的。但是在翡翠城，沒有可以裝進氣球讓它飛起來的氫氣。」

「要是它飛不起來，」桃樂絲分析道，「那它對我們也就沒什麼用了。」

「是啊。」奧茲回答，「不過有一個辦法能讓它飛起來，那就是往裡面灌上足夠的熱氣。但是熱氣沒有氫氣那麼好，一旦氣體冷卻下來，氣球就會往下掉。弄不好它就會掉在荒漠裡，我們就會在荒漠裡迷路的。」

「我們？」小女孩大為震驚，「意思是，你要跟我們一塊去嗎？」

「是的。」奧茲回答，「我可不想再做一個騙子了。一旦出了這座宮殿，我的臣民們會立刻知道我是一個假巫師，他們會因為被欺騙而找我麻煩。所以，我不得不每天把自己關在這些房間裡，簡直是厭煩透了。我寧願跟妳一起回堪薩斯州，或是再回馬戲團。」

「我很高興你能跟我一塊走。」桃樂絲說。

「謝謝妳。」奧茲說，「現在我們就開始做熱氣球了，妳能幫我把綢布縫起來嗎？」

桃樂絲拿出針線，奧茲飛快地把綢布裁成合適的形狀，小女孩就敏捷地把裁好的布縫在一起。第一條是淡綠色的，第二條墨綠色，第三條是寶石綠。因為奧茲想做一個有不同深淺色調的氣球。他們花了三天時間，才把所有的綢布縫在一起，現在，它們變成了一只二十多英尺長的綠色綢布袋。

接著，奧茲在裡面塗上了一層薄薄的膠水，氣球就不會漏氣了。好啦，他宣布這個

絕無僅有的熱氣球製作完成了。

「但是，我們必須要有一只籃子，好讓我們坐在裡面。」他說。於是，他派那個綠鬍子士兵去找來一只用巨大的布做的籃子，然後用許多繩子把它繫在熱氣球的下面。

現在萬事俱備，奧茲向他的臣民宣布，自己要去拜訪一個住在雲裡的大巫師。很快這個消息就在翡翠城裡傳開了，大家都津津樂道，人人都好奇地想來看看這個奇景。

奧茲命令他的僕人們把氣球抬到宮殿外邊，人們瞪大了眼睛要看清楚到底是怎麼回事。只見錫樵夫砍了一大捆樹枝，將它們點燃，瞬間燃起熊熊的火焰。奧茲把氣球的底部放在火焰上面，這時候熱氣就被吸到了綢布袋裡。漸漸地，布袋開始膨脹，漸漸地，熱氣球膨脹起來，同時緩緩上升，一直等到那籃子要完全離開地面為止。

奧茲爬進籃子裡，對著他所有的臣民揮手，大聲喊道：「現在，我要出去訪問了。我不在的時候，稻草人將會領導你們，你們要像服從我一樣地服從他。」

此刻，熱氣球還被繫在地上的繩子拖著，因為裡面充滿了熱氣，這使得它的重量比空氣輕多了，要不是被繩子固定住，它很快就要升到天空裡去了。

「桃樂絲，快點！」偉大巫師叫道，「快進來！否則這個熱氣球就要飛走了。」

「可是我找不到托托。」桃樂絲焦急地回答，她不願意將她的小狗丟在這片陌生的土地上。原來托托是跑到人群裡去追一隻花貓，這時桃樂絲終於抓到牠了。她一把抱起托托，往氣球的方向跑去，眼看著要到了，奧茲伸出手去接她，結果突然嘩啦一聲，繩子斷了，熱氣球呼的飛了出去。

「回來呀！」她高聲地喊，「我也要去！」

「哦，親愛的，我回不來了！」奧茲從籃子裡探出頭來喊著，「再見啦！」

「再見了！」在場的每個人喊著，他們都目送著偉大的奧茲乘著氣球飛上天空，愈來愈遠，變成一個點，最後消失不見。

這是翡翠城的人們最後一次看見奧茲，這位神奇的巫師，或許他現在已經平安地回到了他的故鄉，奧馬哈。但是臣民們依舊愛戴他，懷念他，他們說：

「奧茲是我們永遠的朋友。從前他來到這裡的時候，為我們建造了美麗的翡翠城，現在他離開了，也留下了聰明的稻草人來統治我們。」

儘管如此，翡翠城的人們還是為失去這位偉大巫師而難過了好一段日子，得不到安慰。

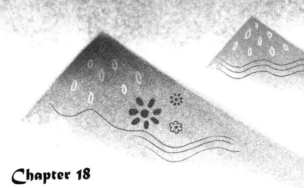

Chapter 18

到南方去

桃樂絲眼睜睜看著自己回到堪薩斯的願望破滅，傷心地哭了。但是等她冷靜下來想想，反而為自己沒有乘著氣球離開而感到開心。但她也為奧茲的離去難過，她的朋友們也和她一樣。

錫樵夫走到她面前說：

「說真的，對於一個給了我一顆可愛的心的人，我要是不為他感到難過，那就太忘恩負義了。奧茲走了，我真想哭一場呀，麻煩妳行行好，幫忙擦去我的眼淚，否則我會生鏽的。」

「我很樂意幫你的忙。」桃樂絲說著立刻拿出一條毛巾。錫樵夫哭了好幾分鐘，桃樂絲用手帕耐心地為他擦去眼淚。他哭完後，非常真誠地感謝了桃樂絲的幫助，並且用鑲滿寶石的油罐裡的油，給自己全身塗了一遍，怕自己又生鏽。

現在，由稻草人來領導翡翠城，他雖然不是

偉大巫師，但人們同樣很愛戴他。「因為，」他們說，「在這個世界上，再也沒有一座城市是由一個稻草人來統治的。」據他們所知，這話是非常可信的。

就在奧茲乘坐熱氣球飛走後的那個早晨，桃樂絲和她的小夥伴們在覲見室裡商議。稻草人坐在偉大的寶座上，其他人都表現得很恭敬，他們得體地站在他的面前。

「我們還算是幸運。」稻草人作為新的統治者發言，「這座宮殿和整個翡翠城都是我們的了，想做什麼就做什麼。我記得不久之前，我還被掛在一根竹竿上面，困在農夫的玉米田裡，現在卻已經成了這座美麗的城邦的統治者，我對自己的命運滿意極了。」

「我也是。」錫樵夫說，「真高興有了這顆心，這是我在這個世界上唯一的願望。」

「還有我呢。」獅子非常謙虛，「雖然我不一定比其他的野獸更勇敢，但我至少和牠們一樣勇敢了。知道這一點，我就已經很滿足了。」

稻草人接著說：「要是桃樂絲也願意住在翡翠城裡，我們就可以快快樂樂地生活在一起了。」

「但是，我並不想住在這裡。」桃樂絲肯定地回應，「我要回到堪薩斯，和我的愛姆嬸嬸和亨利叔叔住在一起。」

「哦，那我們該怎麼辦呢？」錫人問。

稻草人決定好好想想辦法，由於他的腦子動得太厲害，腦袋上的針全都刺了出來。最後，他說：

「為什麼不把飛天猴召喚來，讓牠們帶妳越過沙漠呢？」

「這我倒從來沒有想到過。」桃樂絲感到非常興奮，「就這麼辦，我立刻就去拿金帽子來。」

桃樂絲拿來金帽子，念過咒語，很快就有一群飛天猴從窗外飛進來，站在她的身邊。

「這是您第二次召喚我們了。」猴王朝桃樂絲鞠了一躬，「現在，您有什麼吩咐嗎？」

「我請求你們帶我回到堪薩斯州去。」桃樂絲說。

猴王無奈地搖搖頭：「這我們做不到，我們只屬於這個國度，不能離開。堪薩斯從來就不曾有過任何一隻飛天猴，我想以後也不會有，因為牠們不屬於那裡。很抱歉，我們願意盡最大的力量為您做任何事，但是我們不能夠穿越沙漠。再見了。」

猴王又向桃樂絲鞠了一躬，轉身張開翅膀，帶著牠的手下們，穿過窗子飛走了。

桃樂絲失望得眼淚都快掉下來了。

「我白白浪費了一次金帽子的魔法。」她無奈地說，「因為飛天猴也幫不了我的忙。」

「這實在是太糟糕了。」善良的錫人說。

稻草人又動起了腦子，這回他的腦袋脹得恐怖，桃樂絲真擔心它會突然爆炸。

「我們把綠鬍子士兵叫來，」他說，「說不定他能有什麼辦法。」

於是，士兵被召喚到了覲見室，這個士兵此刻看起來有些膽怯，因為奧茲統治翡翠城的時候，是從來沒有人能被允許進入覲見室的。

「這個小女孩想要穿越沙漠，你有什麼辦法嗎？」稻草人在寶座上發問。

「我不知道。」士兵回答，「因為除了奧茲本人，從來沒有人能夠越過沙漠。」

「難道就沒有一個人能幫助我了嗎？」桃樂絲不禁擔憂起來。

「葛琳達或許可以。」士兵建議道。

「葛琳達是誰？」小女孩問。

「南方的女巫。她是所有的女巫中法力最強大的，她統治著奎德林國。而且，她的城堡就在沙漠邊上，她也許知道怎麼穿越那裡。」

小女孩問：「葛琳達是一個善良的女巫嗎？」

「她可是奎德林國公認的好人，她對每一個人都很友善。我還聽說她是一個漂亮的

女人，雖然她的年紀已經很大了，但她知道如何保持青春。」

「我要怎樣才能到達她的城堡呢？」桃樂絲問。

「有一條路直通南方，」士兵回答，「但是聽說一路上危險重重，還有野獸常常出沒，一個奇特的種族駐紮在那邊，不喜歡陌生人路過他們的領地。就是因為這個原因，奎德林人從來沒有到翡翠城來過。」

士兵說完就退了出去。稻草人說：

「看來，儘管危險重重，但對桃樂絲來說，最好的辦法就是動身到南方去找葛琳達幫忙。當然了，要是桃樂絲留在這裡，她就永遠也回不去堪薩斯了。」

「你再想想，還有別的辦法嗎？」錫樵夫提醒道。

「我已經想過了。」稻草人說。

「那麼，我可以陪桃樂絲去。我早就厭倦這座城市了，森林和田野才是我的歸宿。你要明白，我可是一隻真正的勇敢的野獸了，再說了，桃樂絲也需要我的保護。」獅子自告奮勇。

「確實是這樣。」錫人接著說，「我的斧頭可以保護她，我願意陪桃樂絲去南方找葛琳達。」

「我們什麼時候出發？」稻草人問。

大家驚訝地望著他，「你也去嗎？」

「那是當然。要不是桃樂絲，我永遠也不會有大腦。是她把我從稻田裡的竹竿上解救下來，把我帶到了翡翠城。我的好運完全是來自於她。在她平安地回到堪薩斯之前，我永遠都不會離開她。」

「謝謝你們，」桃樂絲感激地回答，「你們對我太好了。不過，我想盡快動身。」

「那麼，我們明天早上就出發。」稻草人說，「現在我們就開始準備吧，因為這將是一段漫長的旅程。」

Chapter 19

被樹攻擊了

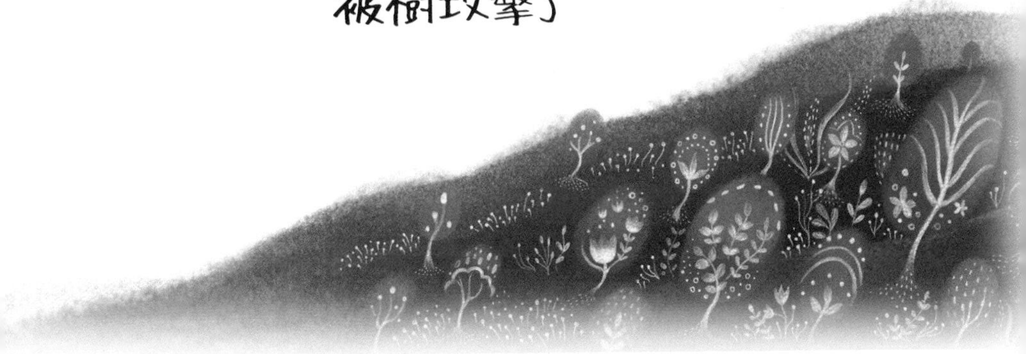

第二天早上，桃樂絲吻別了美麗的綠衣女孩，朋友們又一個個和綠鬍子士兵握手，士兵一直把他們送到城門口。守門人看見他們，吃了一驚，他聽說他們竟然要離開這座美麗的城市，去進行一次前途未卜的探險。他打開他們眼鏡上的鎖，然後把眼鏡放回大箱子裡，向他們鞠躬道別，送上了祝福。

「如今你是我們的新統治者，」他對稻草人說，「所以你要盡快回來管理你的國家。」

「當然，如果可以，我會盡快回來的。」稻草人回答，「但是我必須先幫助桃樂絲回家。」

桃樂絲最後向這位好心的守門人道別時，說：

「在這座可愛的城市裡，我受到了非常熱情的招待，每個人都很友好。我真的不知道該怎樣感謝你們。」

「別這麼說，親愛的朋友。」守門人回答，「我們很希望妳能留下來。但是，既然妳那麼想回到堪薩斯，我也真心祝福妳能找到回家的路。」於是他打開城門，讓他們出城，展開旅途。

當他們轉過身來踏上去南方國土的路途時，明媚的陽光照耀著小夥伴們，他們一個個精神抖擻，歡聲笑語。桃樂絲又一次充滿了回家的希望，稻草人和錫樵夫為自己能夠幫上小女孩的忙而高興。而獅子呢，則是因為又回歸到了無憂無慮的曠野之中，呼吸到了自由的新鮮空氣，愉快地搖著尾巴。托托在他們周圍，奔跑著追逐飛蛾和蝴蝶，歡快地吠叫。

「我一點也不喜歡城市裡的生活。」當他們輕鬆愉快地前進時，獅子抱怨道，「自從進到翡翠城，我瘦了很多，現在要是能有一個展示勇氣的機會就好了，我要讓其他的野獸看看我有多強大。」

這時，他們回頭最後看了一眼身後的翡翠城，依稀還能看見綠色的城牆裡面有許多塔樓，還有禮拜堂上的尖頂，最引人注目的是奧茲宮殿螺旋形的大圓頂，它比什麼都高。

「我覺得奧茲不是一個壞巫師。」錫樵夫感慨地說，此刻他感覺到心臟在他的胸腔裡怦怦跳動。

「他知道怎麼給我一副頭腦，而且是一個非常好的頭腦。」稻草人也這麼想。

「要是奧茲也擁有像他給我的一樣大的勇氣，那他就一定是個勇敢的人。」獅子補充道。

桃樂絲什麼也沒有說，她知道奧茲已經盡力而為，雖然他答應了她的心願，最終又沒有實現，但她並不怪他。就像奧茲自己說的，儘管他不是一個高明的巫師，但他還是一個好人呀。

行程的第一天，他們穿過了包圍著翡翠城的綠色田野和鮮花花叢。晚上小夥伴們睡在綠色的草地上，星空就在頭頂，靜謐如同一床棉被，大家一夜安眠。

等到太陽升起，他們便動身出發，繼續往前走，來到了一片茂密的森林。一排樹木橫亙在他們面前，放眼望去看不到盡頭，根本沒有路可以走。大家你瞧瞧我，我瞧瞧你，不敢貿然行事改變方向，生怕迷了路。於是他們小心翼翼地尋找著一處最容易進入森林的地方。

稻草人在前面帶頭，他發現了一棵挺拔的大樹，大樹的枝葉茂密，向外延伸，足夠他們一行人通過，所以，他先往前走去。但是，正當稻草人走到樹下面的時候，大樹的枝葉都彎曲了下來，緊緊纏住稻草人的身體，接著他被高高地舉起來，頭朝下地被拋到了小夥伴們中間。

稻草人雖然沒有受傷，但還是被嚇得不輕。桃樂絲把他拉起來的時候，他還迷迷糊糊，暈頭轉向。

「這裡有個空隙說不定能通過。」獅子叫道。

「那我先試試，」稻草人說，「我不會摔傷。」說著他朝另一棵樹走去，但是樹枝一把抓住了他，狠狠地扔了回來。

「這樹太奇怪了，我們該怎麼辦呀？」桃樂絲問。

「這些樹好像擺明了就是要和我們作對，擋住我們的去路。」獅子分析。

「讓我來試試。」錫人說著，舉起他的斧頭，向著第一次粗暴地抓住稻草人的那棵樹走去。果不其然，那樹枝又彎下來想要抓住他，當下他狠狠地朝著那樹枝砍去，樹枝被劈成了兩半。立刻，那棵樹所有的樹枝都嘩啦啦地搖晃起來，似乎很痛苦，錫樵夫安全地通過樹下。

他對朋友們喊著：「快呀，快過來。」

除了托托之外，所有人趕緊奔跑著往前去，安全越過。只有托托被一根小樹枝捉住

了，汪汪地叫起來。還好樵夫警覺地立刻砍掉樹枝，幫小狗解了圍。

奇怪的是，森林裡的其他樹木並沒有抓他們回來，朋友們恍然大悟，也許只有第一排樹木才會彎曲下來，攔截過往的陌生人。也許它們是「森林警察」吧，擁有神奇的魔力，專門負責守衛這片森林。

四名旅人輕鬆地穿過了森林，來到了森林的另一邊，這時候他們驚訝地發現，前面有一堵城牆，比他們的頭還高，都是用白瓷砌成的，牆面好像瓷盤子一樣光亮。

「我們現在怎麼辦？」桃樂絲問。

「我來做一架梯子吧，」錫樵夫說，「我們可以從牆上爬過去。」

Chapter 20

美麗的瓷器國

就在錫樵夫從樹林中找來了木材，開始做一架木梯時，桃樂絲抓住機會趕緊睡覺，長途跋涉令她疲倦不堪。獅子也蜷縮著身子睡著了，托托就躺在獅子的旁邊。

稻草人一邊看錫人工作，一邊說：

「我真搞不懂為什麼要在這裡砌一面牆，也不知道是用什麼東西砌起來的？」

錫人回答：「你的腦袋也該休息休息啦，就不要再為一堵牆傷神了。等我們爬過它，就會知道牆後面是什麼東西了。」

過了一會兒，梯子就做好了。雖然看起來很簡陋，但錫樵夫保證它很結實，能派上用場。於是稻草人趕緊叫桃樂絲、獅子和托托起來，告訴他們梯子已經大功告成了。稻草人第一個爬上梯子，但是他的動作很笨拙，桃樂絲只好緊緊跟在他身後保護著，生怕他摔下來。爬到一半，稻草人把頭伸到牆上面去，他高聲喊：「哦，天哪！」

「快往上爬呀。」桃樂絲催促著他。

於是稻草人接著往上爬了幾步，到了牆頂上，坐在那裡。這下輪到桃樂絲把頭伸過牆頂了，她像稻草人一樣叫起來：「哦，天哪！」

接著托托也爬了上來，哇哦，牠立刻汪汪直叫起來，桃樂絲趕緊叫牠安靜下來。

獅子接著爬上去，錫樵夫是最後一個。當他們倆把頭探出牆頂時，情不自禁地喊起來：「哦，天哪！」

此刻，大家在牆上坐成了一排，齊齊向下望去，多麼奇特的景象啊。

在他們面前的是一片開闊的地方，地面那麼光滑、明亮、潔白，就好像是一只大盤子的底部。四周散落著許多完全是瓷土建造的房屋，塗著鮮豔的色彩。這些房子很小，最高的也才到桃樂絲的腰那麼高。

那裡還有許多小穀倉，許多小牲口棚，圍著瓷柵欄，許多的牛、羊，還有馬，許多的豬和雞，都一群群地站在那裡，它們也是瓷土做的。

最最奇怪的要數住在這座奇怪城市裡的奇怪居民了。

擠奶女工和牧羊少女穿的是鮮豔的布滿了金色斑點的外衣；公主們呢，她們穿著華美的長袍，銀色的、金色的，還有紫色的；牛仔身上穿著粉色、黃色的短褲，繫著藍色的帶子，鞋子上拴著金帶釦；王子們的頭上戴著鑲滿了珠寶的王冠，穿著白鼬皮長袍和閃光緞緊身衣；滑稽的小丑們則是穿著皺邊的長袍，臉頰上塗著紅色圓點，頭上戴著尖頂的高帽子。最最奇怪的是，這些人都是瓷土做的，就連衣服也是瓷土的。他們中間最高的人，連桃樂絲的膝蓋都不到。

一開始沒什麼人注意到桃樂絲和她的小夥伴們，除了一隻紫色的小狗，牠長著一個特別大的頭，走到牆根邊，尖聲尖氣地朝他們汪汪叫了好幾聲，隨後又跑開了。

「我們要怎樣才能下去呢？」桃樂絲問。

他們發覺梯子很笨重，根本就沒力氣抬上來。於是，稻草人決定他先跳下去，大家再跟著跳到他的身上，堅硬的地面就不會碰傷他們的腳。當然，大家都留心不踩到稻草人的頭，否則他腦袋裡的針就會戳到他們的腳裡，會很痛的。等大家都平安地落到地面上，立即扶起了稻草人，他的身體都被踩扁了，夥伴們輕輕拍打著稻草人，幫助他恢復原來的模樣。

「我們一定要穿過這個奇怪的地方，才能到另一邊去。」桃樂絲說，「除了向南方

去，走其他的路，都是不明智的。」

於是，他們開始穿越這個瓷器國。

第一個遇見的人是一個擠牛奶的女工，她正在給一頭奶牛擠奶。當他們靠近的時候，這頭奶牛突然抬起一腳，把瓷凳子和瓷奶桶都踢翻了，這位擠奶女工也摔倒在地上，發出很大的聲響。

桃樂絲嚇了一跳，她發現奶牛的一條腿斷了，奶桶摔成了好多碎塊，可憐的擠奶女工的左肘上也裂出一道縫隙。

「喂！」擠奶女工怒氣沖沖，「看你們做的好事！我的奶牛斷腿了，我還得把它帶到修理店去，把這條腿黏上。你們跑到這裡來，嚇壞了我的牛，究竟是什麼意思？」

「哦，真對不起。」桃樂絲抱歉地回答，「請原諒我們。」

但是這位漂亮的擠奶女工火氣很大，她根本就不理會桃樂絲的道歉。她悶悶不樂地撿起奶牛的斷腿，牽著奶牛走了。可憐的奶牛只有三條腿了，走起路來一瘸一拐的。擠奶女工回過頭來，狠狠地瞪了這群莽撞的陌生人幾眼，並把她那有裂痕的胳膊緊緊地抱在胸前。

桃樂絲對這個不幸感到非常難過。

「我們在這裡必須非常小心，否則會傷害那些無辜的小人兒，給他們帶來無法彌補的傷害。」善良的錫人說。

走了沒一會兒，桃樂絲遇見了一位穿得最漂亮的公主，公主看見這些陌生人，愣了一愣，然後就逃走了。

桃樂絲好奇地想再看看公主，就追上去。誰知道那個瓷公主叫起來：

「不要追我，不要追我！」

瓷公主細小的嗓門裡透著驚慌，桃樂絲只好停下了腳步，然後問道：「為什麼呀？」

這時候公主也停了下來，跟桃樂絲保持一個安全距離，回答說：「要是我在奔跑的時候摔倒，可能會摔碎的。」

「但是妳不能修補嗎？」桃樂絲又問。

「哦，當然可以。」公主回答，「但是妳要知道，修補過的總沒有原來那麼漂亮了。」

「我也是這麼想的。」桃樂絲同意道。

「我們這裡有個小丑，大家都叫他『玩笑先生』，」瓷公主繼續說道，「他總是妄想用頭站立，所以常常摔跤。這位『玩笑先生』的身上補了一百多個地方，一點也不好看。吶，他來了，你們自己瞧！」

果然，一個滑稽的小丑朝他們走來，儘管他穿著好看的衣服，紅色、黃色，還有綠色，色彩豔麗，但他身上左一道、右一道都是裂紋，每走一步，都顯露出許多難看的修補過的地方。

小丑把他的手插在口袋裡，鼓起雙頰，冒冒失失地向他們點頭致意，說：

美麗的女孩，
為什麼妳盯著
可憐的老玩笑先生看？
妳全身僵硬，
且一臉正經得
好像吞下一張撲克！

「先生，請你安靜點。」公主嚴肅地說，「沒看見這幾位是陌生的客人嗎？對於客人應該要知道禮貌。」

「那麼，我想這已經是非常禮貌的招呼了。」小丑說著，又把頭頂在地上倒立起來。

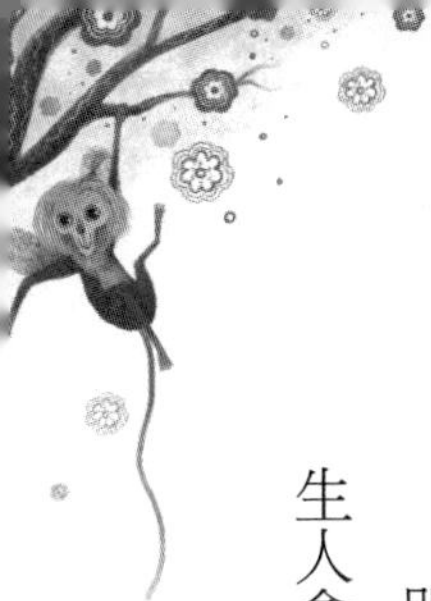

「不要介意這位玩笑先生。」公主代為道歉，「他的腦袋傷得厲害，這讓他變得非常愚蠢。」

「哦，沒關係，我一點也沒放在心上。」桃樂絲說，「但是妳真的好漂亮。我特別喜歡妳，妳願意跟我一塊去堪薩斯州嗎？我會把妳放在愛姆嬸嬸壁爐的石架上。我能夠把妳放在籃子裡帶走。」

「那樣會令我感到非常不快樂的。」瓷公主回答，「妳要知道，在這個屬於我們的國度裡，我可以生活得自由自在，可以隨便說話，到處走動，隨我們高興。但是無論我們中間哪個被帶走了，我們的關節就會變得僵硬，只能放在架子上直直地站著，供人們觀賞。當然了，人們希望我們被放在壁爐架上，裝飾櫃裡，還有圖書館的桌子上。但是相比之下，我們在這片土地上生活，內心要愉快幸福得多。」

「我才不要讓妳不開心呢！」桃樂絲趕緊打消她的念頭，「所以現在我就應該和妳說再見了，可愛的小公主。」

「再見。」瓷公主說。

朋友們小心翼翼地在瓷器城裡穿行，那些小動物和小人兒，連連躲開，生怕這些陌生人會碰碎他們。

大約一個小時後，他們走到了瓷器國的另外一邊，這裡是另一堵瓷牆。

不過，這一堵牆沒有前面的那一堵牆高，大家站在獅子的背上就能爬到牆頂。獅子縮起牠的前腿，伏下身子往前一跳，就跳過了瓷牆。但是就在牠跳起來的瞬間，牠的尾巴掃過了一座瓷教堂，把它打得粉碎。

「真是太糟糕了。」桃樂絲說，「不過幸好我們除了碰斷一條牛腿和打碎一座教堂外，沒有給這些小老百姓們造成其他的損失。他們看起來真是非常容易碎啊。」

「是啊。」稻草人接著說，「謝天謝地，還好我是用稻草做成的，沒那麼容易受傷。這個世界上居然還有比做一個稻草人更糟糕的事情。」

Chapter 21

獅子成了百獸之王

這些旅行者們翻過瓷牆後，發現他們來到了一個令人討厭的地方，到處都是沼澤，長滿了高高的雜草。雜草又厚又密，擋住了視線，沒走幾步就有可能跌進被雜草遮蔽了的泥坑裡。夥伴們小心翼翼地在沼澤地裡穿行，終於平安地走出泥地。

但是，這裡比此前路過的地方更加荒蕪了，他們在亂草叢中走了很久，最後來到一片森林。這片森林裡的樹木比他們之前見到過的，都要高大、古老。

「這片森林真是美麗極了。」獅子欣喜地環視四周，「我從來沒有見到過比這裡更美的地方。」

「但是，這裡看上去陰森森的。」稻草人不以為然。

「一點都不陰森，我倒是希望一輩子住在這裡呢。」獅子說，「你看，你腳下的枯葉多麼柔軟，樹上的苔蘚多麼蒼翠，它們緊緊地環繞在老樹上。我敢肯定，沒有一隻野獸還想得到比這更舒心的家了。」

桃樂絲說：「說不定現在這林子裡就有野獸呢。」

「我想是有的。」獅子說，「但是現在我們還沒看到呢。」

他們在森林裡走啊走啊，直到天完全黑下來，再也看不見路了。桃樂絲、托托和獅子躺下來睡覺，錫人和稻草人為他們守夜，一如往常。第二天早上，他們又上路了。沒走多遠，就聽見一種低沉的隆隆聲，好像是許多野獸在一起咆哮。托托低聲嗚咽，但是桃樂絲和她的小夥伴們並沒有感到害怕。他們沿著樹林裡的一條小路繼續往前走，來到了一片空地。

這裡聚集著上百頭不同的野獸，老虎、大象、熊、狼、狐狸，還有大自然中所有的其他野獸，桃樂絲覺得害怕極了。

獅子解釋說，野獸們正在召開一個會議，照牠們的咆哮和怒吼聲來分析，牠們應該是遇到了一個很大的麻煩。

就在牠說話的時候，有幾隻野獸發現了牠，這個會議立即像是被施了魔法一般，寂靜無聲。一隻最大的老虎跑向獅子，首先鞠了一躬，然後說：

「歡迎您，百獸之王。您來得正是時候，快幫助我們打敗敵人，為森林裡的動物們重新帶來和平吧！」

獅子不慌不忙地問：「你們遇到了什麼麻煩？」

「最近森林裡新來了一個凶猛的敵人，大家都飽受牠的欺負。那是一隻巨大的怪物，長得像一隻大蜘蛛，身體有一頭大象那麼大，腳長得像樹幹一般。牠有八條長腿，在森林裡爬行的時候，一隻腳就可以抓住一隻野獸，塞到嘴裡，輕鬆得就像蜘蛛吃蒼蠅一樣。只要這隻凶猛的怪物活著，我們就永遠沒有好日子過了。您來到這裡的時候，我們正在開會呢，商量怎樣才能保護好自己和夥伴們。」老虎回答。

獅子沉思了一會兒。

「森林裡還有別的獅子嗎？」牠問。

「沒有了。本來有幾隻，但是全被這隻怪物吃掉了。而且牠們誰也比不上您這麼高大、勇敢。」

「如果我幫你們戰勝了敵人，你們願不願意尊我為百獸之王，而且服從我的統治呢？」獅子問。

「我們非常願意！」老虎帶頭回答，其他的野獸也都異口同聲地回應道，「我們願意！」

「那麼，現在這隻大蜘蛛在哪裡？」獅子問。

「就在那邊的樹林中。」老虎用牠的前腿指了指方向，告訴獅子。

「好好照顧我的這幾個朋友。」獅子交代老虎，「我這就去和那隻怪物決鬥。」

於是，牠和朋友們道別後，躊躇滿志地去找敵人算帳去了。

當獅子找到牠的時候，大蜘蛛正在睡覺，這傢伙的模樣難看極了，獅子厭惡地揚起鼻子。那蜘蛛的腳果然有老虎說的那麼長，身上長滿了粗粗的黑毛。牠有一張大嘴，一排一尺長的尖利牙齒，但是脖子卻纖細得好像黃蜂的腰，把這個圓嘟嘟、胖滾滾的身體連在腦袋上。

獅子靈機一動，想到了一個對付牠的好辦法，而且牠明白在怪物睡著的時候發動攻擊，要比牠醒來的時候容易得多。

於是獅子對準怪物的背，縱身一躍，正好騎到上面。接著，牠舉起自己有力的前爪，向下用力一敲，那怪物的腦袋就落了地。漸漸地，牠的那些觸角也不再掙扎，獅子知道這怪物已經徹底完蛋了，才放心地從牠的背上跳了下來。

隨後，牠回到了空地上，森林裡的野獸們正在等著牠，獅子驕傲地宣布：

「大家再也不用害怕你們的敵人了。」

野獸們聽到這個振奮人心的消息都歡呼起來，拜倒在獅子的面前，尊牠為百獸之王。獅子答應牠們，只要桃樂絲平安地回到了堪薩斯，牠就會回來統治牠們。

Chapter 22

奎德林國

桃樂絲和她的小夥伴們平安地穿過了森林，當他們從陰森森的黑暗裡走出來，發現此刻橫亙在他們面前的是一座陡峭的山，整一座山上，從山頂到山腳都覆蓋著巨大的岩石。

「這可是一座難以翻越的山呀。」稻草人說，「不過我們必須要爬過去。」

於是由稻草人領路，其他的小夥伴跟在身後。他們剛剛走近一塊岩石，就聽見一個粗暴的聲音嚷著：「滾回去。」

稻草人問：「你是誰？」

這時候，一顆腦袋從岩石後面探出來，發出同樣的聲音：「這座山是屬於我們的，任何人都不可以翻越它。」

「但是我們必須要過去。」稻草人非常堅定，「我們要到奎德林國去。」

「但是你們不能過去！」那個聲音回答。接著從岩石後面一步一步走出一個奇怪的人來，夥伴們從來沒有見過長得這麼奇怪的人。

這個人又矮又結實，皺巴巴的脖子上頂著一顆大大的腦袋，頭頂扁平。但是他根本沒有手臂，活脫脫像個錘子。

稻草人看見他這副模樣，覺得這樣一個沒用的傢伙，是不可能阻止他們翻過山去的。於是他自顧自地說：「很抱歉，我們不能按照你的話去做。不管你願不願意，我們都是要爬過這座山去的。」說完他大膽地向前走去。

說時遲那時快，只見這個人的腦袋閃電般地射了出來，他細長的脖子伸得很長，扁平的頭頂正好撞在了稻草人身上。稻草人猛地就被撞倒了，翻了個身，骨碌碌滾到了山腳下。接著那腦袋立刻縮了回去，就好像什麼事情都沒發生一樣。這個人見狀哈哈大笑起來，得意地說：「看，沒有你們想像的那麼容易吧？」

這時候，其他的岩石後面也響起陣陣的哄笑聲，喧鬧極了。桃樂絲這才看清楚，山坡上站著幾百個沒有手臂、腦袋像錘子一樣的怪人，每塊岩石後面都有一個。

因稻草人的不幸所引起的嘲笑聲激怒了獅子，牠大吼了一聲，衝到山上去，這怒吼聲像雷鳴一般響徹山間。

但是又一顆腦袋射了出來，獅子就好像中了炮彈一樣滾了下來。

桃樂絲趕緊跑過去，扶起稻草人。獅子覺得渾身又痠又痛，牠走到桃樂絲身邊，說道：「跟這些用石頭腦袋打架的人鬥，誰也鬥不過他們。」

桃樂絲問：「那我們該怎麼做？」

錫樵夫建議道：「再召喚一次飛天猴吧。妳還可以再給牠們下一次命令。」

「對呀。」桃樂絲說著，戴上金帽子，念起咒語，飛天猴們像從前一樣敏捷，一眨眼的功夫，就一個不少地出現在她的面前。

「您有什麼吩咐？」猴王深深地鞠了一躬。

小女孩回答：「請帶我們翻越這座山，我們要到奎德林國。」

「遵命。」猴王說。

於是，飛天猴們把四名旅人和托托架在牠們的手臂上，就這樣飛走了。當他們從山頂上經過時，那些錘頭人氣得哇哇大叫，把腦袋高高地射向空中，但是他們怎麼也打不著飛天猴們。飛天猴帶領著桃樂絲平安地越過這座山，把他們安放在美麗的奎德林國境內。

「這是妳最後一次召喚我們了。」猴王開口說，「再見了，祝你們好運。」

「謝謝你，再見！」女孩子回答，這時候飛天猴們已經飛到空中，轉眼就看不到了。

奎德林國看起來很富裕，很幸福，這裡到處都是良田，阡陌相連，田裡長著成熟的穀物，平坦的道路橫在稻田中間，流水潺潺的小溪上面架著堅固的橋。柵欄呀，房子呀，還有橋梁，上面全部漆著鮮豔的紅色，就好像在溫基國處處是黃色，在蠻支金國處處是藍色一樣。

奎德林人一個個長得矮矮胖胖，看上去圓滾滾的，脾氣很好。奎德林人穿的衣服也都是紅色的，與翠綠的青草和黃澄澄的穀物映襯起來，顯得格外鮮明。

飛天猴們把他們放在了一處農舍的旁邊，他們走上前去敲門。是農夫的妻子開的門，桃樂絲向她要了一些食物，她讓旅人飽餐了一頓，有三種糕點，四種小餅，托托也分到了一碗牛奶喝。

「這裡離葛琳達的城堡還有多遠呀？」桃樂絲問。

「沒有多少路了。」農夫的妻子回答她，「順著這條路一直往南走，就能到達葛琳達的城堡。」

他們謝過了這個好心的婦人，然後出發，穿過田野，越過小橋，沒過多久就看見前面坐落著一座非常美麗的城堡。

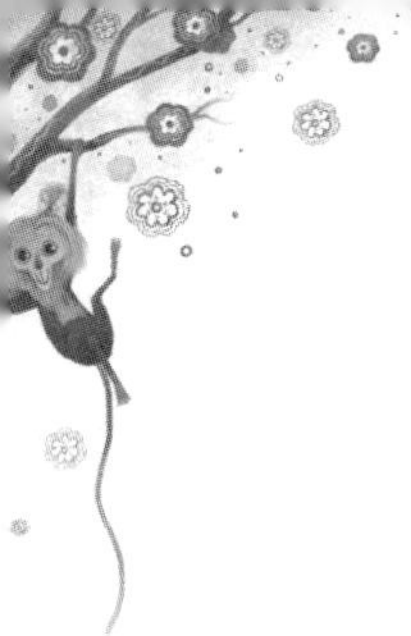

城堡的大門前站著三個小女孩，她們都穿著漂亮的鑲著金邊的紅色制服。看到桃樂絲過來，其中的一個小女孩問道：

「妳來南方國做什麼?」

「我來拜訪統治這裡的善良女巫。」桃樂絲回答，「妳們能帶我去見她嗎？」

「請你們把名字告訴我吧，我去向葛琳達稟報。要是她願意見妳，我會回來告訴你們。」

他們通報了名字，這個穿著制服的小女孩就走進了城堡。過了一會兒，她回來說，葛琳達請桃樂絲和她的朋友們進去。

Chapter 23

善良女巫實現了桃樂絲的願望

在去見葛琳達之前，他們被帶到了一個小房間，桃樂絲在這個小房間裡洗了臉，梳好了頭髮；獅子則揮去了鬃毛上的塵土；稻草人輕輕拍打著自己，使他成為最最得體的樣子；錫人把錫身擦得油光鋥亮的，為自己全身的每個關節都塗了油。

一切都打理完之後，他們跟著制服女兵走進一個大房間。善良女巫葛琳達就坐在紅寶石王座上。

在小夥伴們的眼中，這位傳說中的女巫美麗又年輕。柔軟的深紅色頭髮披到肩上，衣服是雪白的，眼睛是清澈的藍色。她親切地看著這個小女孩。

「我能為妳做什麼呢？親愛的孩子？」她問。

桃樂絲把她所有的經歷都告訴了美麗的女巫，她是怎樣被龍捲風帶到奧茲國，又是怎樣遇見了這些可愛的夥伴，還有他們一起遭遇到的許多驚險而奇妙的事情。

「現在我最大的願望，就是回到堪薩斯州去。」小女孩殷切地期盼著，「我的愛姆嬸嬸一定很擔心我，以為我出什麼事了。她會為我非常難過的，而且除非今年的收成比去年好，我想亨利叔叔一定很難應付。」

葛琳達俯身去親吻桃樂絲的臉頰，她真是個可愛又善良的好女孩啊。

「妳的心腸真好。」她說，「我一定會告訴妳回到堪薩斯州的辦法。」接著，她又說，「要是我幫了妳這個忙，妳必須把這頂金帽子送給我。」

「我很樂意！」桃樂絲高興地回答，「真的，現在金帽子對我已經沒有什麼用處了。妳擁有了它，就可以要求飛天猴為妳做三件事情。」

「我想我正好需要牠們為我服務，而且正好是三次。」葛琳達笑迷迷地回答。

於是，桃樂絲把金帽子送給了這個美麗的女巫。女巫問稻草人：「等桃樂絲回到堪薩斯後，你要怎麼辦呢？」

「我會回到翡翠城。」稻草人回答，「因為奧茲讓我做翡翠城的國王，那裡的人都很喜歡我。唯一令我煩惱的是，怎樣才能翻過那座錘頭人的山。」

「我要用金帽子召喚飛天猴把你送到翡翠城的門口。」葛琳達說，「如果老百姓們失去這麼一位了不起的國王，真是件遺憾的事呢。」

「我真的了不起嗎？」稻草人難以置信。

「是的。」葛琳達回答，「你非比尋常。」

葛琳達轉向錫樵夫問道：「桃樂絲離開之後，你怎麼辦呢？」

錫樵夫靠在他的斧頭上，想了想，隨後說道：「溫基人都對我非常好，邪惡女巫死去之後，他們請求我做他們的統治者。我也很喜歡溫基人呀，如果我能夠再回到西方的國土，應該再沒有什麼別的東西，比在那裡永遠地領導他們更加令我歡喜了。」

「那麼，我會給飛天猴下第二個命令，」葛琳達說，「讓牠們平安地把你帶到溫基國去。你的腦袋沒有稻草人的腦袋那麼大，但是你比他更聰明——只要你仔細地打磨過——相信你一定能英明地領導溫基人。」

然後女巫又看向那頭巨大的、毛茸茸的獅子：

「等桃樂絲回家後，你又怎麼樣呢？」

「在錘頭人山的那邊，」獅子回答，「有一片非常古老的森林，那裡的野獸們都擁戴我做牠們的大王。要是能回到那裡，我想我會非常愉快地度過這一生的。」

「我給飛天猴們下的第三個命令，就是把你帶到那片森林裡去。」善良女巫說，「然後，我會把金帽子還給猴王，這樣牠和牠手下的猴子們就永遠自由了。」

稻草人、錫樵夫和獅子滿心誠意地感謝善良女巫的一片善心。桃樂絲叫道：

「妳真的是又美麗又善良啊！但是，妳還沒有告訴我，怎樣才能回到堪薩斯呢。」

「妳的銀鞋子能幫妳越過沙漠，要是妳早知道這個祕密，來到奧茲國的第一天，妳就可以回到愛姆嬸嬸的身邊了。」

「如果是那樣的話，我就得不到神奇的大腦了！」稻草人叫喊著，「我將會在農夫的玉米田裡度過一生。」

「我也得不到這顆可愛的心了。」錫樵夫說，「我會在那片陰暗的森林裡生鏽，直到世界終結。」

「我也將永遠是一個膽小鬼。」獅子接著說，「在所有的森林裡，沒有一隻野獸會對我好聲好氣地說話。」

「你們說得都沒錯。」桃樂絲高興地回應，「我很高興有機會幫助這些好朋友。現在他們都實現了自己的夢想，而且快樂地統治了一方王國。我想我應該高高興興地回到堪薩斯州去了。」

「這雙銀鞋子有神奇的魔力。」善良的女巫告訴她，「其中一個最不可思議的魔法，就是妳穿上它，三步內，妳就可以到達世界上任何一個妳想去的地方。妳所要做的，就是鞋跟互敲三下，就可以命令這雙銀鞋子，帶妳去任何妳想去的地方。」

「要真是這樣的話，」小女孩欣喜地說，「我希望它立刻就帶我回到堪薩斯去！」

小女孩抱著獅子的脖子親了一下，然後非常溫柔地拍拍牠的大腦袋。接著她又親了錫樵夫，錫人哭了起來，這種哭法，對他的關節來說是很危險的。她沒有親稻草人那張畫出來的臉，她只是輕輕地擁抱他軟綿綿的、塞滿稻草的身體。即將和這些可愛的朋友們分別了，桃樂絲忍不住難過地哭起來。

葛琳達從她的紅寶石王座上走下來，給了小女孩臨別一吻，桃樂絲感謝她實現了大家的願望。

現在，桃樂絲鄭重地把托托抱在懷裡，最後說了一聲再見，然後敲了三下鞋跟，說：

「帶我回家吧，回到愛姆嬸嬸的身邊！」

一瞬間，她在空中旋轉起來，速度快極了，她只能感到耳邊呼嘯而過的風。

銀鞋子才走了三步，桃樂絲驚異地發現自己突然停下來了，在草地上打了好幾個滾，迷迷糊糊，不知道自己落在了什麼地方。

然後，她坐起來，環顧四周。

「天哪！」小女孩歡喜地喊道。

她正坐在堪薩斯遼闊的大草原上。面前矗立著一幢嶄新的房子，這是舊房子在被龍捲風捲走後，亨利叔叔新造的。哇，她的亨利叔叔正在穀倉旁的空地上擠牛奶呢。托托從她的懷裡跳出來，歡叫著，活蹦亂跳地朝穀倉跑去。

桃樂絲站起來，發現自己的腳上只穿著長襪。她的那雙銀鞋子在空中飛行的時候掉了，被永遠地埋在沙漠裡。

Chapter 24

重返家園

愛姆嬸嬸正好從屋子裡出來，正要給高麗菜澆水。

她一抬頭，就看見桃樂絲正朝她跑來。

「哦，我親愛的孩子！」愛姆嬸嬸興奮地喊著，一把將小女孩摟在懷裡，不停地親吻她，「妳究竟是從哪裡回來的呀？」

「我們從奧茲國回來。」桃樂絲認真地說，「還有托托，牠也去了那裡。啊，愛姆嬸嬸，終於回到家了，我真是太高興啦！」

譯後記　奇遇之國

任何一個作家都是從寫詩開始的，任何一個詩人都來源於一場童話。所有童話都是玫瑰一樣的謎團，以人類有限的想像力來看，一個謎團就是一個宇宙。以年少時看一棵樹的心，以無數次夢境中飛翔的心，來觀看這個世界，它永遠向著勇氣和自由而去，最終指向愛。

夜鶯知道這個祕密，牠用整夜的歌唱換取一朵玫瑰；狐狸也知道，牠說，如果你馴養了我，這個世界就會變得不一樣。當然了，知道這個祕密的永遠是孩子，現實之中充滿限制，它總是叫我們順從。然而沒有一種創造是來自順從，寫詩，生活，離開大多數，它本身就是一種反抗。

這是一個痴迷於童話和白日夢的作者，在他四十五歲的時候，完成了一個浪漫的夢境。從前，有一個桶匠，在賓夕法尼亞州開採石油發了財，因而擁有了一座大莊園，萊曼・法蘭克・包姆就是在這座大莊園裡出生的。你知道，在一座美麗的大莊園生活，幾乎是被嬌慣的，因而包姆自幼體弱多病，並不是一個容易照顧的孩子。後來他的父親把他送到軍校裡學習，希望能改變他的性格，但依然沒有用。一個不允許做夢的地方，差點讓一個渴望生活在童話中的孩子精神崩潰。於是，他的父親只好將他接回來，任由他做點什麼，也總能成為一個健康的人。就這樣，一個充滿想像力的生命才算是真正來到了世界上。

在美國二十世紀文學史上，這是第一部受到讚賞的童話，在遙遠的現在，不只美國的孩童知道它，全世界的孩童都知道它，不只孩童為這個故事喜悅，成年人也要為之驚歎。二十世紀，這是一個詩人的時代，惠特曼，艾略特，龐德；也是一個童話的時代，冒險家的時代，一個女孩去往陌生國度探險的故事，在這個偉大的時代裡被創造和傳誦。那些看似不可能的事，那些近乎於神仙的能力，那些較現實更美的景象，被一個無法長大的老男孩做到了。

並非要迴避成年人的價值觀，而是認清它，背離它，童話是讓你鑽進一枚貝殼裡，星空下樹冠搖動，世界是神的一場幻境，帶有歡愉，帶有恆久，帶有相信。因而你可以想像一個叫桃樂絲的小女孩，被一場龍捲風帶到陌生國度，所見到的奇幻的一切。希求得到大腦的稻草人，期盼擁有心的錫樵夫，還有一隻渴望著勇氣的獅子。

如果不是這遙遠的旅途，桃樂絲不會結識這些奇妙而友好的朋友，如果不是這次艱深的成長，她就永遠會是那個堪薩斯農場中的小女孩。

你無法理解現實的艱難，但你願意去理解童話的艱難，現實中多的是被擊毀的人，他們屈服於考驗，屈服於自身的軟弱。但你看，一個稻草人一直在為思考這件事而感到快樂，一隻膽小獅不會屈服於比牠大得多的怪獸，一個錫人永遠想著他愛的那個少女。他們各自帶有的是智慧、勇氣和愛，他們是來自現實的桃樂絲的奇遇，是來教會一個闖入魔法國度的小女孩，想像力是可行的，不屈服是可行的。

你一定會記得那雙神奇的銀鞋子，只要鞋跟敲三下，就能去到任何你想去的地方。一個美麗的說法是，為什麼所有的黑洞都圍繞著一顆恆星，那是因為有神居住在恆星上，他們在黑洞中穿越，進行遙遠的拜訪。而這些祕密，人類是不知道的。人類知道的是，遙遠的發光的星系，它們與地球的距離，要以光年計算，這是有限的科學所無法達到的。一個童話做的事情，是在實現神的浪漫生活。

是極端的智慧、勇氣和愛在征服世界。羅曼．羅蘭說，看清這個世界，然後去愛。這是一次冒險之旅，沒有一個偉大的故事不是冒險故事，沒有一個驚異的人物不是英雄人物。孫悟空西遊降魔九九八十一難，佛羅多戰勝魔戒艱險萬千，桃樂絲回到故鄉波折無數。

從譯者的角度，在其中看到的是，永遠可以信賴的童真，你願意作為一個沒長大的孩子去觀看它，解讀它，正如李曼．法蘭克．包姆作為一個無法長大的孩子，來創造這個故事。因為這個原因，一切都變得超於現實，接近完美。自然，也希望閱讀者，能在此間感受到這種完美，這種無法複製的夢幻，這種不能解釋的想像力。這是詩歌的視界，也是孩童的視界。正是因為奧茲國的未開化，正是因為它是一個仍然存在女巫的國度，種種奇遇才會這般自然地來到。

孩童的目光是最乾淨的目光，孩童的想像是最神奇的想像。偉大的故事探討的，不是人類已知的命運，它是另外的空間，是宇宙神祕的部分，一定有什麼東西在召喚我們，書寫，創造，直到一個故事降臨。一個故事是一顆星，你的身體裡，每一個原子都來自一顆爆炸的恆星，左手的原子與右手的原子，也許來自不同的恆星。星星都幻滅了，你才會在這裡。任何一場童話都是自由的童話，任何一個孩子都在他冒險的路上。

二〇一七年十月於上海

綠野仙蹤 / 李曼．法蘭克．包姆著；童天遙譯 . -- 初版 . -- 臺北市：時報文化, 2020.05
面；　公分 . --（愛經典；36）
譯自：The wonderful wizard of Oz
ISBN 978-957-13-8190-9（精裝）

874.59　　109005163

作家榜经典文库®

ISBN 978-957-13-8190-9
Printed in Taiwan

愛經典 0 0 3 6

綠野仙蹤

作者—李曼．法蘭克．包姆｜譯者—童天遙｜編輯總監—蘇清霖｜特約編輯—劉素芬｜美術設計—FE 設計｜內頁繪圖—林青｜董事長—趙政岷｜出版者—時報文化出版企業股份有限公司　一〇八〇一九台北市和平西路三段二四〇號四樓　發行專線—（〇二）二三〇六—六八四二　讀者服務專線—〇八〇〇—二三一—七〇五、（〇二）二三〇四—七一〇三　讀者服務傳真—（〇二）二三〇四—六八五八　郵撥—一九三四四七二四時報文化出版公司　信箱—一〇八九九台北華江橋郵局第九九信箱　時報悅讀網—http://www.readingtimes.com.tw　電子郵件信箱—new@readingtimes.com.tw｜法律顧問—理律法律事務所　陳長文律師、李念祖律師｜印刷—盈昌印刷有限公司｜初版一刷—二〇二〇年五月二十二日｜定價—新台幣三五〇元｜（缺頁或破損的書，請寄回更換）

時報文化出版公司成立於一九七五年，並於一九九九年股票上櫃公開發行，於二〇〇八年脫離中時集團非屬旺中，以「尊重智慧與創意的文化事業」為信念。